깡깡이

깡깡이

한정기 장편소설

특별한서재

흘러간 시간 속의 사람들과
잊혀져가는 공간에 대한 이야기

차례

*

늦은 저녁을 먹으려고 막 식탁에 앉는데 휴대폰이 울렸다. 시계를 보니 밤 열한 시가 막 넘어 있었다.

'이 시간에 누구……?'

중얼거린 질문이 채 끝나기도 전에 가슴이 벌렁거리기 시작했다. 이 시간 전화 올 데라곤 한 곳밖에 없다. 통화 화면을 터치하는 손가락이 가볍게 떨렸다.

불안한 예감은 한 번도 어긋난 적이 없다. 엄마한테서 온 전화였다. 더 정확하게 말하면 엄마가 계시는 요양원에서 걸려온 전화였다.

"정꽃분 님이 발작을 일으켰어요. 주사를 놔서 진정시켜놨는데 아무래도 내일 보호자가 와보셔야겠어요."

전화를 끊고 다시 수저를 들었다. 식욕은 사라졌지만 종일 아무것도 먹지 않고 일했던 터라 뭐든 먹어야 했다. 데워놓은 재첩국은 그새 미지근하게 식어버렸다. 식은 재첩국을 한 숟갈 떠넣는데 비린 맛이 훅 끼쳤다. 재첩국은 입천장이 델 정도로 뜨겁게 먹어야 맛이다. 숟갈을 놓고 거실에 세워놓은 이젤을 물끄러미 바라봤다. 개인전이 몇 달 남지 않은 터라 마음은 바쁜데 그림 진척은 더디기만 했다. 종일, 아니 근 한 달간 붙잡고 있는 그림이었다.

도크장에 올라온 녹슨 배. 그 배에 따개비처럼 달라붙어 녹을 떨어내는 사람들. 떨치고 싶지만 결코 떨어낼 수 없는 풍경이다. 식탁 위에서 차갑게 식어가는 재첩국에 대한 기억 역시.

영도구 대평동 2가 143번지

"재치꾹 사이소! 재칫꾹!"

새벽이면 언제나 그 목소리에 잠이 깼다. 경제개발운동이 한창이던 1970년대. 낙동강 하구에서 잡은 재첩으로 국을 끓여 파는 재첩국 장수는 부산의 아침을 깨우는 사람들이기도 했다. 국이 담긴 흰 양철동이를 머리에 이고 다니며 파는 재첩국 장수 아줌마. 길게 여운을 남기며 골목을 빠져나가는 그 목소리 끝자락은 늘 애련한 마음을 불러일으켰다.

어릴 적 떠나온 고향에 대한 기억을 떠올릴 때처럼 아련한 기분에 젖어 나는 다시 귀를 기울인다. 달그락거리는 그릇 소리. 도마에 무언가를 써는 소리. 문틈으로 스며드는 된장찌개 냄새는 나를 다시 현실의 공간으로 데려다놓는다. 일어나야 하

깡깡이

는데 다시 몸을 웅크렸다. 단숨에 떨치고 일어나기엔 이불 속은 너무 따뜻하고 포근했다.

"정은아, 얼른 일나라. 동생들도 깨우고, 우야 기저귀도 좀 갈아주고."

깜빡 잠이 들었던 모양이다.

어느새 창밖이 환했다. 제일 아랫목엔 백일을 갓 넘긴 동우가 자고 엄마가 일어난 자리 옆으로 동생들이 나란히 자고 있다. 여섯 살 정희와 아홉 살 정애, 그 옆에 장남인 동식이가 이불을 걷어찬 채 배를 반쯤 내놓고 자고 있다. 동식이는 열한 살, 이제 국민학교 사학년이다. 가장 윗목은 언제나 내 차지다. 말이 큰방이지 세간이라곤 고리궤짝 하나뿐인데도 여섯 식구 발 뻗고 누우면 가득 차는 방이다.

벌떡 일어나 동우 기저귀부터 살폈다.

"아이고, 흠뻑 젖었네. 누나가 얼른 갈아줄게."

새 기저귀를 찬 동우가 벙긋벙긋 웃었다.

"우리 동우! 잘 잤더나? 인자 개운하제?"

쭉쭉이를 해주는데 다시 엄마 목소리가 뒷덜미를 낚아챘다.

"얼른 이불 안 개고 뭐 하노. 밥상 들어간다."

"알았어요. 동식아, 정희야, 정애야, 그만 일어나라. 세수하고 밥 묵자."

동생들을 방 밖으로 몰아낸 뒤 이불을 개고 방을 쓸었다. 삐
그덕거리는 미닫이 현관문을 열고 나가면 바로 골목이었다. 동
식이가 얼굴에 물을 뚝뚝 떨어뜨리며 들어오고 수돗가에선 국
민학교 이학년인 정애가 정희 목에 수건을 둘러 얼굴을 씻겨주
고 있다.

"코, 흥!"

정희가 얌전히 코를 풀고는 물었다.

"세수했으니까 나도 학교 가나?"

"니는 아직 어려서 안 된다. 언니가 오늘 학교 마치고 일찍
와서 놀아주께. 우리 희야 예쁘네!"

정희는 턱을 치켜들고 으쓱거리고, 동생들을 바라보던 나는
빙긋 웃음이 나왔다. 마지막으로 내가 세수를 하고 들어왔다.

기역자 모양으로 꺾인 골목은 밖으로 나갈수록 점점 좁아져
큰길로 나가는 부분은 두 사람이 나란히 걷지도 못할 정도였
다. 밖에서 보면 마치 개미굴 같은 모양의 골목 안에 다섯 집이
모여 살았다. 허드렛물을 받아놓은 드럼통이 네댓 개 늘어선
수돗가는 골목 사람들이 마당처럼 쓰는 공간으로 아침이면 세
수하러 나온 이웃들로 번잡했다.

"저 푸른 초원 위에 뚯뚜루 뚜루루루

그림 같은 집을 짓고 뜻뚜루 뚜루루루

사랑하는 우리 님과 뜻뚜루 뚜루루루

하~안 백 년 살고 싶어 뚜웃뚜루 뚜루루루루.”

성만이가 세수하러 나온 모양이다.

‘순 날건달!’

나는 노랫소리가 나는 수돗가를 향해 입을 삐죽거렸다.

“무슨 고등학생이 공부는 안 하고 맨날 기타만 들고 다니노. 학생모자는 늘 삐딱하니, 한 번도 머리에 제대로 얹혀 있는 걸 못 보겠고.”

내가 구시렁거리는 소리에 동식이가 끼어들었다.

“영배는 즈그 형이 세상에서 제일 무섭단다. 며칠 전에 다리를 절뚝거려서 물었더니 성만이 형한테 빳다 맞았다고 그러더라. 야구 빳다!”

“미친놈 아니가. 야구방망이로 와 동생을 팼는고?”

엄마가 밥상을 들여오며 말했다.

“공부 시킨다고 그랬다 안 캅니꺼!”

동식이 목소리가 살짝 높아졌다.

“그러니 영배가 늘 형 눈치를 살피지. 눈이나 작나. 즈그 엄마 닮아 통방울만 한 눈을 두리번거리는 걸 보면 마음이 짠하

더마는. 얼른 밥이나 먹자."

엄마가 밥상 앞으로 동생들을 불러 모으며 말했다. 동생을 팰건 말건 내가 상관할 바 아니지만 제발 같이 쓰는 화장실에서 담배나 좀 안 피면 좋겠다. 똥 냄새랑 뒤섞인 담배 냄새를 맡는 건 정말 고역이다.

"느그 아부지한테 무슨 일이 생겼는가 간밤에 꿈자리가 시끄럽네."

밥상에 앉은 엄마가 걱정스런 얼굴로 말했다.

"무슨 꿈인데요?"

"돌아가신 느그 할매가 꿈에 안 보이나. 흰 치마저고리를 채리입고 어디 간다꼬 나서면서 내보고 살림 단디 살아라 하는데 가슴이 서늘해 깜짝 놀라 안 깼나."

"그게 뭐 어때서요? 아무 꿈도 아니구마는."

나는 슬쩍 엄마 표정을 살피며 능쳤다.

"느그 할매가 꿈에 비면 꼭 안 좋은 일이 생기니 그렇지."

엄마는 밥맛도 없다는 듯 숟가락을 놨다. 동식이가 보리쌀이 반 넘게 섞인 엄마 밥그릇을 바라보며 끼어들었다.

"엄마, 밥 내 무까요?"

내가 동식이한테 눈 흘기는 사이 엄마는 밥그릇의 밥을 동식이와 정애, 정희에게 골고루 나눠줬다. 동생들의 신명난 숟가락질을 보며 엄마는 엷은 한숨을 내쉬었다.

'이야기를 할까 말까?'

도시락을 가방에 넣으며 잠깐 망설이다 이내 마음을 접었다.

'괜히 걱정거리만 더 보탤 건데.'

줄 때까지 기다리는 수밖에 없었다.

"학교 다녀오겠습니다."

나는 동식이와 정애를 앞세우고 집을 나섰다. 육성회비 납부일이 벌써 지났지만 아직 말을 못하고 있었다. 동식이는 장남이라서. 정애는 아직 어리다고. 둘이 차례로 회비를 가져가고 나면 내 회비는 언제나 한두 달씩 미뤄졌다. 장남은 챙기면서 장녀는 언제나 뒷전이었다. 아니다! 일하고 동생 돌보는 건 언제나 내가 먼저지. 그건 다 아버지 때문이다.

"우리 집 살림 밑천 기특한 맏딸!"

아버지의 그 말은 나를 옥죄는 족쇄가 되기도 했다. 나는 그 말에 꼼짝없이 묶여 기특한 딸이 되어야 했다. 칭찬은 좋은 면만 있는 게 아니었다.

엄마는 늘 돈에 쪼들렸다.

"내 땅이라고는 바늘 하나 꽂을 땅도 없는 살림, 백날 살아도 그 모양 그 꼬라진 기라. 이래 살다가는 아이들 공부도 못 시키겠다고 느그 아버지가 부산으로 나가자 카대. 이불 보따리 하나하고 수저 세 벌, 밥그릇 세 개 가지고 부산 나왔다 아이가. 막상 나오니 비빌 언덕이 있나, 돌에도 낭게도 기댈 데 없으니 살림이 펴지지가 않네. 그래도 느그들 다섯 안 아프고 잘 크니 언젠가는 좋은 날 안 오겠나."

엄마의 그 말은 아버지의 '기특한 맏딸'처럼 가족에 대한 책임감을 늘 불러일으켰다. 스스로 짊어졌던 그 책임감은 나를 일찍 철들게 했지만 내 마음대로 할 수 없게 나를 옭아매기도 했다. 양면성은 어디에나 존재했다.

부산으로 나올 때 두 명이던 동생은 몇 년 사이 네 명으로 늘어나 있었다.

엄마가 꾼 꿈은 꿈으로 끝나지 않았다. 동생들 앞세우고 막 상순네 할매 집 앞을 지나는데 할머니가 나를 불렀다.

"정은아, 느그 엄마 전화 왔다 캐라."

"예? 전화요?"

"느그 아부지다."

몇 걸음 되지도 않는 집으로 달려가 엄마를 불렀다. 설거지 하던 엄마는 물 묻은 손을 채 닦지도 않고 전화를 받았다.

"정은이 아부진교? 예, 예……! 어디라꼬요?"

엄마 얼굴에 핏기가 사라지기 시작했다.

"아이고, 아이고……. 우야노! 우야믄 좋노! 그래 몸은 개안

깡깡이

심니꺼? 예. 예······."

엄마 얼굴은 백지장처럼 창백하게 변하고 떨리는 입술에서
는 비명 같은 말이 튀어나왔다.

"목포! 목포해양경찰서라꼬예!"

엄마 표정을 살피며 뛰던 내 가슴이 마지막 말에 툭! 떨어졌
다.

'목포해양결찰서'라니!

"정은아, 우야노! 느, 느그 아부지가······ 사, 사고를······."

상순네 할매가 나섰다.

"이 사람아, 그런 거는 나중에 말해도 안 되나! 아이들 학교
가는데······."

엄마는 아차 하는 얼굴로 내 등을 밀었다.

"어서 학교 가라. 나중에, 나중에 이야기하자."

'말을 꺼냈으면 끝을 내야지. 아님 시작을 말던가!'

엄마가 말아 넣은 말은 내 마음만 더 복잡하게 만들었다.

등 떠밀려 골목을 나왔지만 마음은 온통 전화기에 가 있었
다. 목포는 어디에 있는지? 해양경찰서는 뭐 하는 곳인지? 머
릿속이 헝클어진 털실 뭉치가 되고 말았다.

"깡깡깡깡······."

깡깡이 아지매들 망치 소리가 벌써 시작되고 있었다. 쇠와

쇠가 부딪치며 내는 깡마른 소리와 쇳가루 냄새. 생활 오수가 그대로 흘러들어오는 항구에서 나는 시척지근한 냄새와 폐선에서 흘러나온 기름 냄새. 바닷가 끝자락에 자리 잡은 대평동의 소리와 냄새였다. 우리 집은 영도 대평동의 작은 골목에 있었다. 행정상 주소는 부산시 영도구 대평동 2가 143번지였다.

문철이와 숙희

"동식아 같이 가자."

좁은 골목을 나와 큰길로 가고 있는데 뒤에서 촐랑대는 목소리가 들렸다. 성하다. 목소리만 들어도 안다. 그 옆에는 보나마나 문철이가 있을 테고. 성하와 영배, 동식이는 똑같이 사학년이고 문철이는 나와 같은 육학년이다.

"성하야!"

동식이는 경중거리며 성하에게 달려갔다. 헤실거리는 성하 곁에 문철이도 싱글거리며 오고 있었다. 문철이랑 성하는 형제고 고등학교 다니는 은실이 누나가 있다. 문철이는 우리 집 바로 앞집에 산다. 문철이 엄마는 진짜 밥맛이다. 빨갛게 칠한 입술을 뾰족하게 내밀고 눈은 항상 내리깔고 다니는 모습이라니! 문철이 엄마는 골목 사람들하고는 말도 안 섞는다.

문철이네 마루에 있는 책장에는 책이 가득 꽂혀 있다. 내가 제일 좋아하는 책! 책을 보고 싶은 마음에 처음엔 눈치 없이 드나들며 빌려 봤다. 세 번짼가. 책을 빌려 나오는데 문철이 엄마가 나를 보고 말했다.

"우리 아들 보라고 비싼 책 들여놨는데 니가 먼저 다람쥐 풀방구리 드나들듯 빌려가네?"

얼굴은 웃고 있었지만 그 싸늘한 눈빛이라니! 더 이상 문철이네 집에 갈 수가 없었다. 내가 안 가니 문철이가 책을 가지고 우리 집으로 왔다.

"우리 엄마가 알면 난리 날 끼다. 히히힛."

"내가 빌려달라고 한 거 아니다."

샐쭉한 내 말에 문철이는 눙치듯 웃으며 말했다.

"우리 엄마, 내가 책 안 읽는다고 속상해서 안 그라나. 히히히. 니가 책 다 읽을 때까지 한 권씩 갖다 줄게."

그 뒤로 나는 한동안 골목을 지나다닐 때면 문철이 엄마가 보일까 두리번거리게 되었다. 미안하진 않았지만 아줌마와 마주치면 괜히 불편했다.

겨울방학을 앞둔 교실은 아이들의 목소리로 떠들썩했다. 나는 아직 회비도 못 냈는데 친구들은 벌써 중학교에 대한 얘기로 침을 튀겼다.

"교복은 엘리트보다 스마트가 더 예쁘지!"

"중학교 가면 펜글씨를 쓴단다. 나는 벌써 잉크랑 펜을 준비해놨다 아니가!"

"나는 겨울방학 때 시내에 있는 영어학원에 다닐 거다."

아이들의 목소리는 얼음판 위의 고무공처럼 통통 튀었지만 오늘은 하나도 귀에 들어오지 않았다. 영어학원이 뭐 하는 곳인지, 엘리트 교복과 스마트 교복은 어떤 차이가 있는지 궁금하지도, 알고 싶지도 않았다. 내 신경과 관심은 오로지 엄마한테 다 가 있었다. 전화를 받던 엄마 얼굴만 자꾸 떠올랐다. 오소소 소름 돋은 팔을 문지르며 안절부절못하고 있는데 숙희가 다가왔다. 오학년 때도 같은 반이었던 숙희는 내가 마음을 터놓고 얘기하는 유일한 친구다. 숙희는 내 책상에 털썩 걸터앉으며 물었다. 책상에 걸터앉아도 숙희는 다리가 바닥에 닿았다.

"니는 중학교 교복 뭐로 할 거고?"

나는 피식 웃는 걸로 대답을 대신했다.

"와 웃노? 가시나, 내 말이 말 같잖나?"

"육성회비도 아직 다 못 내고 있는데 교복은 무슨 교복이고?"

나도 몰래 그런 말이 툭 튀어나왔다. 숙희 눈이 동그래졌다.

"와? 느그 집에 무슨 일 있나?"

"모르겠다. 아침에 전화가 왔던데 아버지가 무슨 사고가 난 모양인데……. 자세한 건 집에 가봐야 알지 싶다."

어두운 내 표정을 살피던 숙희가 목소리를 낮춰 말했다.

"우리 집도 요새 난리다."

이번엔 내가 놀란 토끼눈이 되어 숙희를 쳐다봤다. 숙희는 나보다 머리 하나는 더 큰 키였다.

"느그 아버지는 돈 잘 번다 아니가!"

숙희 아버지는 고깃배 선장이었다.

"우리 엄마가 어느 날 장롱을 뒤지는데 먼지가 뽀얗게 쌓인 돈다발이 나오더란다. 엄마가 넣어두고 잊어버린 기라."

그런 이야기를 아무렇지도 않게 하던 숙희였다.

"고기 잡는 배가 돈 잘 번다고 아버지가 빚내서 배를 샀는데 고기가 생각처럼 잘 안 잡혀 망했단다. 빚쟁이들이 찾아와서 돈 내놔라니까 엄마는 집을 나가버렸고, 아버지는 맨날 술만 먹고. 집도 빚쟁이들한테 넘어갔고."

자기 집이 망한 이야기를 숙희는 마치 남의 일 얘기하듯 간단명료하게 말했다.

"그러면 니는? 언니랑 니는 어짜노?"

"어짜기는 뭘 어째? 어찌 되도 되겠지."

뭐라 할 말이 없었다. 그러면서도 나만 어려운 형편이 아니라는 게 위안이 되는 건 무슨 마음인지. 기분이 묘했다.

"맨날 빚쟁이들 찾아와서 안방에 드러눕고. 진짜 요새는 집에 들어가기도 싫다."

한숨까지 내쉬는 걸 보니 천하태평 숙희 속도 지 속이 아닌 것 같았다. 하지만 나는 안다. 숙희는 힘내라는 말 대신 암담한 자기 처지를 솔직하게 털어놓는 걸로 나를 위로해준 거다. 숙희 걱정 하느라 내 걱정은 순간 잊어버렸다. 우리는 중학교 진학을 앞두고 수다 떠는 아이들과는 달라도 한참 다른 이야기를 나누며 서로 불안한 마음을 달랬다.

언제였던가? 아침부터 흐리던 하늘이 수업을 마치고 집으로 갈 때쯤에는 비를 퍼붓기 시작했다. 아이들은 저마다 준비해온 우산을 쓰거나 비를 맞으며 뛰어갔다. 비를 맞는 건 아무렇지도 않던 시절이었지만 나는 학교 현관문 앞에서 쏟아지는 비를 보며 망설였다.

'맞고 가나? 기다렸다가 좀 그치면 가나?'

그때 숙희가 나타났다. 숙희도 우산이 없는 빈손이었다. 나는 우산을 준비할 수 없는 처지였고 숙희는 우산을 준비하지 않은 처지였다. 둘 다 우산이 없긴 했지만 그 차이는 엄연히 달랐다.

숙희가 빈손을 내밀며 말했다.

"가자!"

혼자 맞는 비는 궁상이었지만 친구랑 둘이 맞는 비는 즐거운 놀이였다. 준비할 수 없는 것과 준비하지 않은 차이 따위는 전혀 문제가 아니었다. 우리는 집에 가는 동안 나타나는 물웅덩이란 웅덩이는 하나도 빠지지 않고 들어가 철벅거렸다.

지나가는 사람들이 힐긋거리거나 말거나!

입 벌려 받아먹은 빗방울은 얼마나 시원하고 달던지!

빗방울이 뚝뚝 떨어지는 머리를 뒤로 젖히며 웃던 숙희 얼굴. 까르륵거리던 웃음소리.

비 오던 날의 그 유쾌했던 분위기와 오늘 교실에서 나눴던 우울했던 분위기는 정반대의 기억으로 내 머리에 오랫동안 남았다.

숙희는 마음을 나눈 내 유년의 유일한 친구였다. 골목 안 친구인 문철이와 순복이도 있었지만 그들은 같은 골목 안에 살며 함께 노는 친구일 뿐이었다.

*

　네모난 오층 건물 전체가 흰색 페인트로 칠해진 희망요양원은 주변의 낡은 건물들 때문에 더 도드라져 보였다.

　"희망은 무슨! 죽을 일밖에 남지 않은 노인들이 모여 있는 곳인데."

　요양원 앞에서 흘깃 간판을 쳐다보며 중얼거렸다. 올 때마다 한 번도 거르지 않고 드는 생각이다. 일상의 삶을 혼자 힘으로 살아갈 수 없어 죽음만 기다리고 있는 사람들한테 희망이란 단어는 어쩐지 위선적인 냄새가 난다.

　"'실버'나 '보금자리' 같은 이름은 정직하기나 하지."

　일할 시간을 뺏긴 나는 요양원 이름에다 짜증을 부렸다.

　엄마가 난동을 부린 게 이번만은 아니었다. 엄마의 난동은 시간에 맞춰 알람이 울리는 것처럼 때가 되면 벌어지는 자연스러운 일이었다. 알람은 익숙해지기라도 하지만 엄마의 난동은 매번 곤혹스럽다. 간호사나 요양보호사들에게 미안한 건 차치하고라도 점차 변해가는 엄마의 모습을 마주하는 건 내게도 힘든 일이었다.

　몇 년 전부터 치매 증상을 보인 엄마를 요양원에 모신 건 나였다.

　스무 살에 아버지와 결혼한 엄마는 다섯 남매를 낳았다. 남편의 가출과 죽음. 여섯 살 때 잃어버린 막내아들. 평생 짊어져야 했던 경제적 책임까지. 인간의 육신을 쇠락하게 만드는 숱한 사건들과 세월 앞에서도 엄마는 의연했고 씩씩했다. 자식들한테도 신세 지지 않겠다고 기력이 다하는 한 깡깡이 망치를 놓지 않았던 엄마였다.

"어휴, 무슨 노인네가 힘이 그리 센지! 한동안 얌전하다 싶더니 또 이러시네요."

나를 본 간호사는 하소연부터 쏟아냈다.

"감당이 안 돼 하는 수 없이……."

엄마는 침상에 손발이 묶인 채 잠들어 있었다. 아직 잠에서 깨어나지 못한 걸 보니 약이 과했던 걸까? 안쓰러움과 속상함이 뒤섞여 잠깐 호흡 조절을 해야 했다.

"아들한테 전화해달라고 어찌나 성화신지. 전화기만 붙잡고 있을 수도 없고. 전화해도 받지도 않는데. 설명을 해도 막무가내시니 우리도 정말 힘들어요. 간호사 머리채를 잡아 뜯으며 욕을 하고 집기들을 던지고 난리도 그런 난리가 없었어요. 저번엔 다른 방 할머니와 싸우고. 치매 할머니들 가운데 이렇게 사나운 분은 저희도 처음이에요."

"정말 애쓰십니다. 미안하단 말도 이젠 염치없네요. 다른 방법도 없고."

나는 준비해간 봉투를 내밀며 죄인 아닌 죄인 코스프레를 해야
했다.

전시회가 몇 달 남지 않아 밤새 작업해도 빠듯했다. 그래도 오
늘은 엄마에게 시간을 낼 수밖에 없었다. 나는 묶여 있는 손발을
풀고 침대 곁에 앉아 물끄러미 엄마를 지켜봤다.

엄마는 지난번 왔을 때보다 더 야윈 모습이었다. 평생 놓지 않
았던 깡깡이 망치를 쥐던 손도 이젠 앙상한 뼈대에 가죽만 붙어
있었다. 껍질 같은 가죽 아래 힘줄만 도드라진 게 너무 비현실적으
로 보였다. 그토록 단단했던 엄마의 팔뚝과 손목은 어디로 사라져
버렸을까?

붓을 쥐고 있는 내 손과 엄마의 손은 어디가 다르고 어디가 같
을까?

나더러 맏딸이니, 살림 밑천이니 했지만 엄마가 뼛속까지 믿고
의지했던 건 큰아들이었다. 고등학교까지 공부시켜주고 그다음은
스스로 알아서 살라고 한 말도 큰아들만은 예외였다. 큰아들은 엄
마에겐 목숨과도 같았다. 밥을 퍼도 제일 먼저 큰아들 밥부터 펐고
맛있는 반찬은 언제나 큰아들 앞에 놓았다. 아무리 궁핍해도 큰아
들이 원하는 건 다 들어주었다.

깡깡이 망치 하나로 큰아들을 공부시켜 가까스로 회계사를 만
들었지만 동생은 결혼하자마자 처가 식구들을 따라 미국으로 이민

가버렸다. 엄마의 사랑을 가장 많이 받은 큰아들은 '스스로 알아서 살아라'는 엄마의 말을 가장 잘 실천한 자식이기도 했다. 하긴 엄마의 지나친 사랑과 집착에서 벗어나려면 그 방법이 최선이었을 거다. 동생도 자신의 삶을 살아야 했겠지. 이해까지는 안 되더라도 나는 사실을 인정하고 받아들이기로 했다. 언제부터였을까? 아마 결혼을 포기하면서부터였지 싶다. 나는 세상의 모든 일에 일정한 거리를 두고 바라보았다. 감정의 질척한 구덩이에 들어가 함께 엉켜 뒹구는 건 이제 사절이다. 가족이든 친구든 최대한 객관화시켜 바라보면 문제의 핵심이 놀랄 만큼 명료해졌다. 그걸 깨닫기까지 참 오랜 세월을 나는 맏딸이라는 책임감에 눌려 살아야 했다.

동식이

"느그 아부지가 고기 잡는 배를 들이받아 가라앉차 뻤단다."

학교 마치자마자 한걸음에 달려온 나를 붙잡고 엄마가 말했다. 엄마 손은 무엇이라도 잡고 싶은 듯 떨리고 있었다.

"아버지는요?"

"지금 목포해양경찰서에 있단다. 상순 할매하고 외숙모한테 느그들 좀 봐달라고 부탁해놨다. 엄마 올 때까지 동생들 잘 챙기고 집 잘 보고 있어라."

엄마는 내가 학교 간 사이 아버지를 만나러 갈 준비를 해놓고 기다리고 있었다.

"돈은?"

아버지 회사에서 월급이 제때 나오지 않아 집에 돈이 없다는 걸 나는 알고 있었다.

"돈이 어딨노. 빚내야지."

늘 그런 식이었다. 월급이 나올 때까지 빚내서 먹고살고 월급 받아 이자와 원금 포함해 빚 갚고 나면 또 빚내서 먹고살아야 했다.

'아버지가 사고를 내고 경찰서에 있다니!'

'목포는 어디에 있는 동넨지, 거기까지 엄마는 어떻게 다녀올까?'

'아버지는 이제 어떻게 될까?'

'우리는 어떻게 살지?'

생각과 걱정이 한꺼번에 밀물처럼 밀려왔다.

"언니야, 엄마는?"

벌써 세 번째다. 엄마가 막내 동우를 업고 집을 나선 지 채 한 시간도 지나지 않았는데 정희는 계속 엄마를 찾았다.

"엄마, 아버지한테 가셨다 아니가. 두 밤만 자면 온다 캤으니 아직 오실라면 멀었다."

"엄마, 어엄마……."

정희가 입을 삐죽이며 울먹였다. 넷째 정희는 툭하면 잘 울어 별명이 짬보였다.

깡깡이

"우리 희야, 엄마 보고 싶나? 언니가 업어주까?"

"엄마아……."

정희는 그예 울음을 터트리고 말았다. 내가 정희를 업고 골목 밖으로 나가자 정애도 따라 나왔다.

"깡깡깡깡……."

스산한 가을바람을 타고 깡깡이 아지매들 망치 소리가 메아리처럼 울렸다.

"정희야, 정애야 우리 배 보러 가까?"

칭얼거리는 정희를 달랠 겸, 어수선한 마음도 정리할 겸, 두 동생을 데리고 항구 쪽으로 걸음을 옮겼다. 조그만 배들이 줄지어 정박해 있는 항구에는 무지갯빛 옅은 기름막이 떠 있고 생활 오수와 배에서 나온 폐유가 뒤섞여 시궁창 냄새를 풍겼다. 항구를 따라 조금만 더 나가면 바다였다.

바다는 온갖 오물을 다 받아들였지만 언제나 깨끗했다. 때론 성난 파도가 허연 이빨을 드러낸 채 으르렁거리기도 했지만 언제나 사람들에게 넉넉한 가슴을 열어주었다.

바다 앞에 서면 가슴이 탁 트였다. 막연하게 알 수 없는 불안도, 귓전에 붙어 있는 엄마의 한숨 소리도 바다에 나오면 다 날아가버렸다. 막 바다 쪽으로 걸음을 옮기려는데 동식이가 나를 보고 달려왔다. 동네 뒤편 원목야적장에서 영배랑 성하와 놀고 있었던 모양이다.

"누나, 이거 봐라!"

동식이가 숨을 헐떡거리며 달려오더니 호주머니에서 말린 오징어 다리를 꺼내며 자랑했다. 오징어 다리는 얼마나 오래된 건지 짙은 갈색으로 찌들어 있었다.

"니, 그거 훔쳤제?"

"형님들이 담벼락에 구멍을 내서, 성만이 형 친구들은 이만큼 뚱치갔다."

두 팔로 커다란 동그라미를 그리는데 손에 꼭 쥔 오징어 다리가 달랑거렸다. 조미오징어를 만드는 공장 창고에 쌓아둔 오징어를 훔쳐온 것이었다.

항구와 가까운 곳에는 원목야적장과 목재소가 있었고 조미오징어를 만드는 공장도 있었다. 동네 아이들은 야적장에 쌓아놓은 통나무 위를 뛰어다니며 놀다 지치면 조미오징어 공장으로 몰려가 오징어를 훔쳐 먹기도 했다. 합판과 삭은 양철로 둘러놓은 공장 담벼락은 맘만 먹으면 아이들도 얼마든지 구멍을 낼 수 있을 만큼 허술했다. 공장에서 일하는 아저씨들은 아이들이 오징어를 훔쳐가는 걸 알고 있었지만 그냥 눈감아주곤 했다. 공장 일하는 어른들 대부분은 시골에서 농사를 짓던 사람들이었다. 어릴 때 밀이나 콩서리를 해먹고 자란 터라 그만한

깡깡이

일은 도시 개구쟁이들이 하는 놀이라 여겨 너그러웠다.

"이거 누나 무라."

동식이는 자랑스럽게 오징어 다리를 내밀었다.

"치아라! 내가 그런 짓 하지 마라켔제?"

앙칼진 목소리에 시무룩해진 동식이가 내 눈치를 살피며 중얼거렸다.

"형들은 억수로 많이 뚱치갔는데."

"시끄럽다. 다른 사람이 도둑질한다고 니도 따라 하나? 경찰서 잡히가면 우짤라고!"

"언니야, 오징어 먹으면 경찰서 잡히가나?"

경찰서라는 말에 정희가 눈이 동그래져 물었다.

"그게 아니고 남의 걸 훔치면 경찰서 잡히간다고."

동식이는 오징어 다리를 먹지도 버리지도 못한 채 들고 있었다. 정애는 동식이 손에 들린 오징어와 내 표정을 번갈아 살피며 침을 삼켰다.

"그거만 묵고 인자 그런 짓 하지 마라 알았제?"

동식이는 펴진 얼굴로 그제야 오징어 다리를 입에다 구겨넣었다. 볼을 볼록거리며 씹는 걸 보고 정애와 정희가 같이 손을 내밀었다.

"오빠야, 나도!"

"나도!"

동식이가 슬쩍 내 눈치를 살피더니 가장 긴 다리 두 개를 뚝 뜯어 정애와 정희 입에 넣어줬다. 보고 있는데 나도 모르게 꼴깍 침이 넘어갔다.

"담부터는 안 그라께. 진짜다. 이게 마지막이니까 누나도 한 개만 무바라."

동식이는 내 입에도 오징어 다리를 들이밀며 너스레를 떨었다. 나는 못 이기는 척 오징어를 씹었다. 남의 걸 훔치면 안 된다는 마음과 먹고 싶은 마음은 별개였다. 마음은 한순간에도 이랬다저랬다 했다. 어색한 기분처럼 맛도 찝찔했다.

"그만 놀고 집에 들어가 숙제하자."

바닷가로 가려던 마음을 접고 동식이를 앞세우고 집으로 돌아갔다. 엄마가 안 계시니 동생들 저녁을 챙겨 먹여야 했다. 엄마가 가면서 시킨 대로 끓여놓은 된장국 데우고 김치와 마른 멸치, 고추장만 차리면 되는 밥상이었다.

"정은아, 벌써 저녁 묵나?"

동생들과 밥상에 둘러앉아 있는데 외숙모가 문을 열고 들어왔다. 외숙모는 호박과 무를 넣은 갈치찌개 냄비를 들고 왔다. 동식이와 정애가 눈을 반짝이며 침을 삼켰다.

"아이고 야무치기도 하제. 국도 끼맀더나?"

외숙모가 밥상에 냄비를 내려놓으며 물었다.

"엄마가 가면서 해놓은 거라예."

"그래. 어서 밥 무라. 냄비는 내일 가지러 올게. 연탄불은 갈았고?"

"예. 방금 국 데우고 갈았어요."

"연탄까스 조심해야 된다. 조금 전에 갈았으면 잘 때 괜찮을 낀데…… 안 되겠다! 내가 함 보자."

연탄가스 중독은 일상다반사였다. 외숙모는 부엌으로 나가 아궁이 뚜껑을 열어 연탄불을 확인하며 말했다.

"연탄구멍도 잘 맞췄네. 쫌 있다가 불문 꽉 막아래이. 그래야 낼 아침까지 안 꺼지지. 잘 때 문 꼭 잠그고."

외숙모는 이것저것 살핀 뒤 돌아갔다. 외숙모네 집은 우리 집에서 한참 떨어진 남항동 시장통에 있었다.

저녁 먹은 뒤 설거지를 하고 들어오니 동식이는 벌써 잠들어 있었다. 하루 종일 망아지처럼 뛰어노느라 고단했을 터였다. 요를 깔아 동식이를 눕히고 엄마가 동우를 안고 눕던 자리에 정희와 정애를 나란히 눕히고 옆에 누웠다. 골목을 쓸고 가는 가을바람에 현관문이 덜컹거렸다. 더럭 겁이 났다. 자리에 눕기 전에 다시 한 번 확인했지만 엄마가 없는 집은 아무리 작아도 무섭고 휑뎅그렁했다.

'엄마는 목포 잘 도착했을까?'

'지금쯤 아버지를 만났을까?'

이런저런 생각에 뒤척이다 까무룩 잠이 들었다.

"으웩! 웩!"

'누가 우나? 무슨 소리고?'

잠결에 들리는 이상한 소리에 눈을 떴다.

"으…… 웩! 어, 엄마. 누나야……! 으웩!"

용수철처럼 튕겨 일어나 불을 켰다.

동식이가 배를 움켜쥐고 뒹굴고 있었다. 요 위에는 토해놓은 토사물이 질펀했다. 저녁 먹은 것과 채 소화되지 않은 오징어 다리가 그대로 섞여 있었다.

"아이고, 동식아! 와 이라노 동식아!"

나는 배를 잡고 구르는 동식이 등을 두드리다 밖으로 뛰어나갔다. 대문이 있는 것도 아니고 방문을 나가 부엌과 닿아 있는 미닫이문을 열고 나가면 바로 골목이었다. 집을 나서는데 다리가 휘청 꺾였지만 나는 비틀거리며 상순네 할매집 문을 두드렸다.

"할매요, 상순 할매요!"

한밤중이었지만 방법이 없었다. 다급한 소리에 상순네 할매가 뛰어나왔다.

"와! 무슨 일이고?"

"동식이가 토하고 난리 났어예."

"아이고, 에미도 없는데!"

상순네 할매는 나보다 앞서 우리 집으로 달려갔다. 토해놓은 걸 살피던 상순네 할매가 혀를 끌끌거리며 말했다.

"이노무 자식. 상한 오징어 묵고 체했구나."

상순네 할매는 다시 자기 집으로 가서 까스활명수를 한 병 들고 왔다.

"나쁜 거는 다 토했으니 됐다. 이거 마시라. 속이 내려갈 거다."

동식이는 상순 할매가 따주는 활명수를 마시고도 한참을 끙끙거리더니 가까스로 잠잠해졌다. 그 와중에도 정애와 정희는 기척도 않고 자고 있었다.

"정은아, 방에 연탄까스 냄새가 나는데? 동생들 함 깨와바라."

상순네 할매가 코를 쿵쿵거리며 말했다. 동식이가 더럽혀놓은 요를 들어내던 나는 그제야 내 머리도 쏟아질 것처럼 아프다는 걸 깨달았다. 똑바로 걸어지지도 않고 왜 자꾸 비틀거리는지 알 것 같았다.

'연탄가스!'

화들짝 놀라 동생들을 흔들어 깨웠다.

"정애야, 정희야!"

"언니야……."

정애는 눈을 뜨다가 다시 까무러치듯 눈을 감았다.

"정애야! 정신 차리라! 아이고, 정애야! 정희야!"

"아앙!"

정희가 악을 쓰며 울었다. 그냥 울음소리가 아니라 안간힘을 다해 짜내는 울음! 죽지 않으려는 몸부림 같은 소리였다.

"맞네! 야들이 연탄까스 묵네! 어서 방문 활짝 열어라."

상순네 할매는 다시 집으로 달려가 동치미국물을 한 사발 들고 왔다.

"이거 묵으면 괜찮을 거다. 니도 까스 묵을 낀데 니부터 마시고 동생들 먹여라."

두 동생들에게 김칫국물을 먹이며 울먹였다.

"연탄불도 일부러 일찍 갈고 그랬는데."

내가 잘못해 동생들이 연탄가스를 먹었구나 싶어 눈물이 쏟아졌다.

"동식아, 니는 괜찮나?"

"응. 인자 배도 덜 아프고 나는 머리 안 아프다."

동식이는 제일 윗목에서 자 그런지 가스를 많이 마시진 않은 모양이었다.

"개안타. 많이 마신 건 아닌 것 같다. 인자 좀 있으면 개안아질 거다. 좀 있다가 방문 닫고 자거라."

상순네 할매는 한참 동안 머물며 정애와 정희를 세심하게 살펴보고는 돌아갔다. 열린 방문으로 차가운 밤바람이 들어와 고여 있던 연탄가스를 실어갔다.

"언니야, 춥다. 머리도 아프고."

정희가 부르르 몸을 떨며 말했다. 나는 떨고 있는 정희를 들쳐 업으며 정애한테 물었다.

"정애야, 니는 정신이 좀 드나? 춥지만 조금만 참아라. 조금 더 있다가 문 닫아줄게."

"골이 흔들흔들하지만 개안타. 언니야는 갠찮나? 머리 안 아프나?"

마음결이 곱고 따뜻한 정애는 내 걱정까지 하다 곧 새근새근 잠이 들었다. 정희는 잠들 때까지 업고 있다가 자리에 눕혔다. 나도 어지럽고 머리가 아팠지만 그건 문제도 아니었다. 다시 잠이 든 동생들 얼굴을 보니 그제야 맘이 놓였다. 동식이도 고른 숨소리를 내며 자고 있었다.

"아이고, 엄마가 없으니까 엉망진창이구나. 상순네 할매 아니었으면 어쨌겠노?"

아무리 애써도 엄마 없는 흔적은 컸다. 정신 차리고 보니 상

동식이

순네 할매한테 고맙다는 말도 못했다는 생각이 들었다.

'아침에 일어나면 제일 먼저 인사해야지. 혹시 모르니 방문도 꼭 닫지 말고 조금 열어놓고 자야겠다.'

나는 다시 한 번 동생들을 살펴본 뒤 자리에 누웠다. 골목을 쓸고 가는 바람 소리가 한층 더 스산하게 들리는 길고 긴 밤이었다.

엄마는 이틀이 지난 뒤 밤늦은 시간에 돌아왔다. 이틀 사이 엄마 얼굴은 반쪽이 되어 있었다.

아버지는 부산을 중심으로 여수와 인천, 울산과 포항, 삼척 등을 운행하는 작은 화물선 선장이었다. 선장이라지만 월급도 제때 나오지 않는 영세한 선박회사였다. 아버지가 운행하던 배가 여수 앞바다 어디쯤에서 고기를 잡고 있던 작은 배와 충돌해 고깃배가 가라앉아버린 모양이었다. 다행히 사람은 다 구조했지만 아버지는 선장으로서 책임을 져야 했다. 아버지는 목포 해양경찰서에서 사고에 대한 수사를 받는 중인데 만약 아버지가 잘못한 게 확실하면 벌금을 내야 한다고 했다. 모르긴 해도 벌금이라면 결코 적은 돈은 아닐 거란 생각이 들었다. 어린 소견이라도 그 정도는 알 수 있었다.

"벌금 못 내면 어찌 되는데요?"

"아버지가 영창 살아야 된단다."

'영창!'

처음 듣는 낯선 말이었다. 그렇지만 아버지가 감옥에 갇히는 말이란 걸 직감적으로 알 수 있었다. 동식이가 토사곽란을 일으킨 것도, 정애와 정희가 연탄가스를 먹은 일도 엄마가 가져온 걱정보따리에 견줄 게 아니었다.

"후우……, 꿈자리가 시끄럽더마는. 불길한 예감은 우째 이리 잘 맞는지!"

엄마의 한숨은 깊고 길었다.

'아이고, 우리 아버지 어쩌노!'

눈자위가 시큰거렸다. 마른침을 삼키며 울지 않으려 얼마나 용을 썼던지 목울대가 뻐근했다.

깡깡이

엄마가 목포 다녀오고도 한참 지난 뒤 아버지가 집으로 돌아왔다. 퀭한 눈으로 집에 온 아버지는 벽을 보며 담배만 뻑뻑 피워댔다. 아버지가 오시면 나와 동식이는 곁방에서 잤다. 미닫이문 너머로 엄마와 아버지가 주고받는 말이 그대로 들렸다.

"벌금은 우째 마련했드노."

"친정 오빠한테 융통했니더. 날은 추워지는데 이녘이 거기 있다 생각하니 잠이 와야지요."

두 분 중 누가 내쉬는지 모를 깊은 한숨 소리와 함께 다시 아버지 목소리가 들렸다.

"선원수첩이 정지 묶어 당분간 배 타기도 쉽지 않고……. 사는기 와 이리 첩첩산중이고."

다시 한숨 소리가 들리는가 싶더니 아버지 목소리가 이어졌
다.

"너무 걱정 마라. 내가 무슨 일을 해서라도 돈 벌어올게. 김
홍기, 이대로 주저앉지 않는다. 남의 집 담을 넘어서라도 내 돈
벌어올 거다!"

"그런 소리 마소! 아이들 듣는데 아버지가 돼서 그게 무슨
소립니꺼. 설마하니 산 입에 거미줄 치겠는교. 조바심치지 말
고 천천히 알아보소."

말은 그리했지만 엄마 목소리에 가득 담긴 걱정이 미닫이문
너머서도 느껴졌다. 나는 다리를 내놓은 채 자고 있는 동식이
에게 이불을 덮어주고 돌아누웠다. 엄마의 걱정이 자석에 붙는
쇳가루처럼 옮겨 붙어 가슴을 짓눌렀다.

며칠 지나지 않아 아버지는 일자리를 구한다고 집을 나갔다.
집에는 다시 엄마와 우리들만 남았다. 아버지는 늘 집에 없는
사람이었다. 근심 가득하던 엄마의 눈은 절박한 눈빛으로 바뀌
었고 한숨만 내쉬던 입은 앙다물어졌다.

어느 날 엄마가 나를 부르더니 심각한 목소리로 말했다.

"정은아, 엄마 깡깡이 일 할라는데 니가 동우 좀 봐야겠다."

이제 육 개월에 접어든 동우는 아직 엄마 젖을 먹고 있었다.
기저귀 갈고 울면 업어주는 일이야 얼마든지 할 수 있지만 젖

먹이는 건 내가 할 수 있는 일이 아니었다. 이제 막 멍울이 생기기 시작한 가슴이었다. 내가 납작한 가슴을 내려다보며 눈이 동그래지자 엄마가 웃으며 말했다.

"오전 열 시하고 오후 세 시에 니가 동우 업고 젖 먹이러 오면 된다. 그때가 잠시 쉬는 시간이거든. 점심때는 내가 집에 밥 먹으러 오니까 괜찮고."

겨울방학이라 학교에 가지 않아도 되니 다행이었다. 살림 사는 건 얼마든지 할 수 있었다. 정애와 정희도 숱하게 업어줬던 터라 갓난쟁이인 동우쯤이야 엄마보다 더 잘 업어주고 돌볼 수 있었다. 고개를 끄덕이는 나와 바라보는 엄마의 눈길이 튼실한 닻줄처럼 얽혔다.

"상순네 할매한테 벌써 부탁해놨는데 인자 자리가 났단다. 내일부터 새로 작업 시작하는데 이번에는 배가 좀 커서 일할 사람을 더 뽑는단다."

엄마가 갈라진 목소리로 말했다.

"깡깡깡깡깡깡깡깡……!"

깡깡이 소리가 메아리처럼 들렸다. 바람 방향에 따라 몰려왔다 몰려가는 새 떼처럼 깡깡이 소리도 바람 타고 몰려왔다 몰려갔다. 아침부터 저녁까지. 숨 쉬고 있지만 공기를 생각하며 살지 않는 것처럼 대평동 사람들은 너무 익숙해 오히려 느끼지 못하는 깡깡이 소리였다.

"깡깡깡깡……."

작은 쇠망치로 쇠 철판을 두드리는 야물고 단단한 그 소리. 메마르고 강퍅한 깡깡이 소리가 엄마와 나, 우리 가족의 팍팍한 앞날을 예견하는 소리 같아 나는 부르르 몸을 떨었다.

다음 날부터 엄마는 깡깡이 일을 하러 갔다. 새벽에 일어난 엄마가 밥을 지어 먹고 가면 설거지부터 청소와 빨래까지. 엄마가 하던 집안일은 이제 고스란히 내 몫이 되었다.

엄마가 일하러 간 뒤 설거지와 청소를 끝낸 나는 동우 기저귀와 동생들 양말까지 빨아 널었다. 동식이는 밥숟갈 놓기 바쁘게 어디론가 사라지고 없었다. 동우는 자고 있었고 정애는 정희를 데리고 골목에서 소꿉놀이를 하고 있었다. 늘 있던 엄마가 없다는 것뿐 달라진 건 아무것도 없었다. 조금 있다 동우가 깨면 엄마한테 젖 먹이러 가기까지 두 시간 남짓 여유가 있었다.

나는 문철이가 빌려준 책을 펼쳤다. 골목 어른들은 문철이 아버지가 배 기관장이라 돈을 잘 번다고 했다. 반짝이는 유리문이 달린 책장에 꽂혀 있던 책. 반짝이는 거라곤 눈을 씻고 봐도 없는 우리 집과는 다른 문철이네 집. 혼자 자는 방이 있고 자기 혼자 쓰는 책상과 의자가 있는 그런 집.

동우가 자고 있는 우리 방을 둘러봤다. 둥근 양은밥상을 펴서 밥을 먹기도 하고 방바닥에 엎드려 숙제도 하고 이불을 펴잠을 자기도 하며 여섯 식구가 복닥거리며 사는 방.

문철이네 집에 있는 책이 가득 꽂힌 책장.

상순 할매네집 텔레비전과 전화기.

내가 그릴 수 있는 반짝이는 물건은 그게 전부였다. 언젠가는 우리도 그런 반짝이는 살림살이를 갖춰놓고 살 수 있을까?

정신없이 책에 빠져 있는데 잠에서 깬 동우가 버둥거리며 몸을 뒤집더니 배밀이를 하며 내 쪽으로 기어오기 시작했다. 어제까지만 해도 뒤집고 버둥거리기만 했는데 하루아침에 배밀이를 하는 것이다. 깜짝 놀라 동우를 안았다.

"우와! 우리 동우. 인자 배밀이도 하네. 아이고 예뻐라."

내 품에 안긴 동우가 버둥거리며 벙싯거렸다.

"내가 누난 거 우째 알고 내한테 기어오노? 우리 동우 천재다 천재! 동우야, 배고프제? 엄마한테 젖 먹으러 가까?"

나는 동우 기저귀를 갈아준 뒤 업고 집을 나섰다. 골목에서 소꿉놀이하던 정희가 쪼르르 달려왔다.

"정애는 어디 가고 니 혼자 있노?"

"작은 언니, 오빠야 따라갔는데."

"우리 정희 착하네. 혼자 안 울고 소꿉 살았구나. 엄마한테 가자. 우야 젖 먹을 때 됐다."

정희는 병뚜껑으로 놀던 소꿉을 그대로 둔 채 깡충거리며
앞장섰다.

"언니야, 나는 과자 사 묵을 거다. 별사탕 들어 있는 뽀빠이
과자."

정희는 신이 났다.

"무슨 돈으로?"

"엄마가! 안 울고 잘 놀면 엄마가 돈 준다 했다. 뽀빠이 사면
언니야도 좀 줄게."

기대에 가득 찬 정희가 으스대며 말했다.

"깡깡깡깡……."

조선소 가는 길에는 한여름 숲에 쏟아지는 매미 소리처럼
깡깡이 소리가 쏟아졌다. 공기처럼 익숙해 의식하지 못했던 그
소리도 엄마가 깡깡이 일을 하러 가니 예사롭지 않게 들렸다.

시내와 이어지는 영도다리를 건너오면 대평동과 봉래동 일
대 바닷가에는 선박을 수리하는 작은 조선소가 촘촘하게 자리
잡고 있었다. '깡깡이 아지매'들은 낡은 배를 수리하거나 새로
페인트칠할 때 배의 녹을 떨어내는 일을 하는 사람들이었다.
짠 바닷바람에 노출된 배들은 일정한 시간이 지나면 녹이 슬었
고 바닷물에 잠긴 아랫부분에는 따개비나 담치 같은 해양생물

들이 다닥다닥 붙어 있었다. 그런 것들은 배의 속도를 느리게 할 뿐 아니라 쇠를 부식시키기 때문에 정기적으로 벗겨내고 새로 페인트를 칠해야 했다.

깡깡이 아지매들은 끝이 납작한 끌처럼 생긴 망치로 쇠를 두드려 녹을 떨어낸 다음 쇠 솔로 다시 한 번 더 문질러 남은 녹까지 깨끗하게 털어내는 일을 했다. 수리하는 배의 안과 밖, 구석구석까지 깡깡이 아지매들의 손길이 미치지 않는 곳은 없었다. 깡깡이 아지매들은 자신들의 삶에 녹처럼 붙어 있는 가난을 떨어내듯 안간힘을 다해 망치질을 했다.

"깡깡깡깡……."

쇠와 쇠가 부딪쳐 내는 깡마른 그 소리에는 가난한 살림을 붙들고 사는 깡깡이 아지매들의 결기도 섞여 있었고 칡뿌리처럼 감겨드는 가난에서 벗어나려는 간절한 염원이 담겨 있기도 했다.

"깡깡깡깡 깡깡깡깡……."

봉래동과 대평동 해안가에는 깡깡이 아지매들의 망치 소리로 하루가 시작되었고 망치 소리가 끝나면 하루가 저물었다.

깡깡이

*

　세상의 전부였던 큰아들이 떠나고 엄마는 매미 허물처럼 껍질
만 남았다. 바람만 불어도 바스라질 것처럼 휘청거렸다. 자연스럽
고 당연한 결과였다. 나와 두 여동생이 무슨 말을 해도 엄마의 텅
빈 눈은 생기가 돌아오지 않았다. 딸 셋은 아무런 위안도 되지 못
했다. 엄마는 치매에 걸리기 전까지 혼자 살았다. 딸들이 아무리
같이 살자고 해도 들은 척도 않았다.

　'고집쟁이 할마시.'

　나는 살그머니 이불을 들추고 엄마가 잠들어 있는 침대에 들어
갔다. 아기 숨결 같은 엄마 숨소리. 이렇게 여리고 부드러운 엄마
의 어느 부분에서 그런 광기가 튀어나와 난동을 부리는 걸까?

　'엄마······.'

　나는 가만히 엄마를 안았다.

　엄마는 계속 잠에서 깨어나지 못했다. 엄마 가슴에 손을 얹어
봤다. 말라붙은 젖가슴 아래 심장이 뛰는 게 가늘게 느껴졌다.

　나와 동생 넷이 이 젖을 빨며 자랐다. 자식 다섯이 차례로 빨아
먹고 이젠 껍질만 남은 엄마의 흰 젖가슴. 바람 빠진 풍선처럼 처
진 가슴 끝에 달린 젖꼭지만이 한때 생명을 먹여 키웠던 흔적을
간직하고 있었다.

엄마는 작은 몸피에 견줘 가슴은 풍만했다. 크고 단단한 젖가슴에서 샘물처럼 솟아나오던 흰 젖. 막내 동우는 그 젖을 휘어 삼키느라 자주 사래에 걸리곤 했다.

내 손에서 자란 동우. 그 아이를 생각하면 지금도 가슴이 아리다.

엄마 젖을 먹고 자랐지만 동우를 키우는 건 내 몫이었다. 내 등에 껌딱지처럼 붙어 있었던 동우. 처음으로 뒤집는 것도, 처음으로 배밀이를 하고 기기 시작한 것도, 잡고 있던 내 손을 놓고 첫걸음을 뗀 것도 다 내가 먼저 지켜봤다.

단풍잎처럼 작디작은 손.

보드랍고 여리던 그 촉감.

동우는 지금 어디서 살고 있을까? '김동우'라는 자기 이름이나 기억하고 있을까?

엄마의 흰 젖가슴에 붙어 젖을 빨던 동우와 내 옷자락을 잡고 따라다녔던 정희. 정희는 일곱살 때 동우는 여섯 살 때 집을 나가 길을 잃어버렸다. 똑같은 경로로 길을 잃어버리고 헤맸지만 동우는 끝내 집을 찾아오지 못했다. 어제 일처럼 생생한 풍경이지만 가슴 한편을 도려내는 통증 없이는 떠올릴 수 없는 그 풍경들.

엄마는 자식 다섯 굶기지 않고 헐벗기지 않으려고 깡깡이 망치를 놓을 새가 없었다. 아버지는?

아버지는 거기서 무슨 생각을 하며 살고 있었을까?

그 여자와 살다 바다에 나가서 영원히 돌아오지 않은 아버지.

살아 있었으면 물어보기나 했을 텐데.

아버지가 떠난 지 오래지만 나는 아직도 그게 궁금하다.

생경한 조합

막상 조선소 입구까지 갔지만 엄마를 어찌 불러야 할지 막막했다.

"언니야, 엄마 어딨는데?"

"나도 모르겠다. 지금쯤 동우 젖 먹이는 시간이라 쫌 있으면 엄마가 나올 거다."

나는 허리춤에 흘러내린 동우를 추스르며 두리번거렸다.

"느그들 여기서 뭐하노?"

조선소 입구 사무실에서 작업복 입은 아저씨가 나오다 우리를 발견하고 말을 건넸다.

"엄마가 깡깡이 하는데……, 동생 젖 먹을 때가 돼서요."

아저씨가 알겠다는 듯 고개를 끄덕이며 선대에 올라와 있는 배 가까이 다가가 뭐라 소리를 질렀다. 상순네 할매지 싶은 사람이 보이더니 금방 엄마가 나왔다.

상순네 할매는 엄마가 속한 조 조장이었다. 배가 크면 구역을 나눠 일을 했는데 조장은 자기가 맡은 구역의 작업을 책임지는 사람이었다. 조장은 자기 구역에 깡깡이 아줌마들을 배치 시키고 일한 날짜를 계산해 사무실에서 월급을 받아 나눠주었다. 그리고 사람이 비면 다른 사람을 채워 넣는 일까지 했다. 깡깡이 일을 하려는 아줌마들은 조장의 환심을 사기 위해 애를 쓰기도 했다.

엄마는 마스크처럼 두르고 있던 수건과 머리에 쓰고 있던 수건을 풀어 몸을 털며 걸어왔다. 서너 걸음 떨어진 곳에서 팔에 낀 토시와 장갑을 벗는데 채 떨어지지 않은 먼지 같은 쇳가루가 우수수 떨어졌다.

"우야 안 울었나?"

나를 보며 웃는 엄마 얼굴은 흑인처럼 이만 하얗게 빛났다. 정희는 그런 엄마가 낯선지 내 옷자락을 잡고 매달렸다. 가까이 다가온 엄마 몸에서는 녹슨 쇠 냄새와 오래된 페인트 냄새가 뒤섞인 매캐하고도 싸한 냄새가 났다. 엄마를 본 동우는 본능적으로 몸을 버둥거렸다. 젖 먹을 걸 아는 것이다. 엄마는 서둘러 겉옷을 벗고 동우를 받아 안으며 말했다.

"저리 가자."

엄마가 사무실 담벼락 한쪽에 돌아앉아 셔츠를 걷어 올렸다. 온몸에 검은 쇳가루를 뒤집어썼지만 속옷 안에서 나온 엄마 젖가슴은 닦아놓은 사발처럼 하얬다. 사방에 남자들이 득실거리는 조선소였다. 여기저기서 용접 불티가 튀고 바닥에는 쇳덩이와 철판이 널려 있었다. 어른 팔뚝만큼 굵은 체인이 벌겋게 녹슨 채 쌓여 있고 독한 화공약품과 페인트와 쇳가루 냄새가 진동하는 곳. 일하는 사람들 외엔 생명체라곤 보이지 않는 삭막한 조선소와 눈부시게 하얀 엄마의 젖가슴은 너무 생경한 조합이었다.

동우는 엄마 가슴에 얼굴을 묻은 채 정신없이 젖을 빨기 시작했다. 나는 눈길을 어디다 둬야 할지 몰랐다. 수건으로 가리긴 했지만 동생이 빨고 있는 엄마 젖을 누군가 훔쳐보는 것 같아 가슴이 졸아들었다. 나는 뒤돌아서 엄마를 가리고 서서 바다를 바라봤다. 멀리 아스라이 보이는 수평선. 햇살에 부서지는 물비늘. 나는 미간을 찡그려 가늘게 실눈을 떴다. 실눈 너머로 무언가 희끗희끗거렸다.

희끗거리던 물비늘들이 서로 뭉치기 시작했다. 흰빛의 덩이들은 푸른 바다 위에 모였다 흩어지더니 길고 펑퍼짐한 형체를 만들었다. 바다는 어느새 끝이 보이지 않는 모래사막으로 변했다. 금빛 모래가 끝없이 펼쳐진 사막. 붉게 빛나는 모래 산. 빛에 따라 붉고 검은 그림자로 뚜렷하게 나뉜 모래 산의 이쪽과 저쪽. 그 선을 따라 한 줄 길처럼 보이는 길고 긴 낙타의 행렬들. 사람도 낙타도 모두 바람에 날리는 모래를 피하느라 몸을 숙였다. 묵묵히 걷고 있지만 그들이 느낄 갈증이 생생하게 전해져 내 목도 탔다.

'저 사람들은 언제쯤 오아시스를 만날까?'

'낙타.'

'모래 폭풍.'

'강인함.'

그런 단어들이 두서없이 떠올랐다 사라지고 낙타 행렬도 사막 너머로 아스라이 사라져갔다.

"꿀떡! 꿀떡!"

동우는 배가 고팠던 듯 엄마 젖을 암팡지게 삼켰다. 그 소리에 콩닥거리던 가슴이 차분하게 가라앉았다.

'배고픈 아기한테 젖 먹이는 게 뭐가 부끄럽다고!'

긴장으로 굳어 있던 어깨와 등이 그제야 부드럽게 펴졌다. 십 분 휴식 시간 동안 동우는 엄마 젖을 실컷 빨고 떨어졌다.

"자, 인자 다 뭇다. 실컷 뭇으니 점심 먹으러 갈 때까지는 괜찮을 끼다."

엄마는 흐뭇한 얼굴로 웃고 트림까지 한 동우도 만족스러운 듯 벙싯거렸다.

내가 동우를 받아 업고 가려는데 정희가 손가락을 입에 물고 울먹거렸다. 엄마가 정희 머리를 쓰다듬으며 말했다.

"희야, 엄마가 월급 받으면 우리 희야 좋아하는 과자 사줄게. 오늘은 그냥 언니하고 집에 가거라 응?"

정희는 금방이라도 터지려는 울음을 애써 참으며 고개를 끄덕였다.

"가자, 엄마 일해야 된다."

나는 정희 손을 잡고 조선소를 나섰다. 정희는 입을 삐죽거리며 연신 소매로 눈가를 닦았다. 훌쩍거리는 동생을 보는데 마음이 복잡해지기 시작했다.

'이걸로 희야 과자 사줄까?'

주머니에 들어 있는 십 원짜리 동전을 가만히 만져봤다. 작고 동그란, 동전의 단단한 느낌이 손가락을 통해 전해졌다. 아버지가 집에 계실 때 몰래 내 손에 쥐어줬던 동전이다.

그 돈으로 하고 싶은 게 열 가지도 넘었지만 마지막으로 맘을 정한 건 만화방이었다. 책읽기를 좋아하지만 그중에서도 제일 좋아하는 책은 만화책이었다. 내가 좋아하는 엄희자와 김민의 새 만화가 나온 지 벌써 며칠 되었다. 만화책 한 권 보는 데이 원이었지만 십 원을 내면 표 여섯 장을 줬다. 표 한 장으로 만화책 한 권을 볼 수 있었다. 집을 나서며 동우 젖 먹이고 엄마가 점심 먹으러 올 때까지 만화방에 가서 만화를 봐야지 생각했었다. 엄희자와 김민의 만화 한 권씩 보고 넉 장은 됐다가 다음 편이 나오면 볼 거였다. 그런데 잔뜩 기대하고 따라온 정희가 빈손으로 훌쩍거리는 게 가시처럼 목에 걸렸다.

'이럴 때 도깨비 방망이라도 하나 있으면 얼마나 좋겠노! 뽀빠이쯤은 한 가마니라도 만들 수 있을 텐데. 보고 싶은 만화책도 실컷 볼 수 있고.'

길을 걸으며 혹시나 떨어진 동전이라도 있는지 땅바닥을 유심히 살폈다.

'정신없는 도깨비가 흘린 방망이나 돈 보따리가 떨어져 있으면 얼마나 좋을까!'

방망이나 돈 보따리는커녕 일 원짜리 백동전 하나도 없었다.

'그런 게 있을 리가 없지. 옛날 이야기책에서나 나오는 이야기지.'

황당하고 실없는 상상이었지만 그만큼 간절한 마음이었다.

'만화방 아저씨한테 표 다섯 장하고 알사탕 하나 안 되나 물

어볼까?'

어쩌면 가능할 것 같기도 했다. 사탕 한 알이 이 원 하니까 십 원에 여섯 장 주는 만화 표를 한 장은 알사탕으로 달라고 해도 될 것 같았다.

"희야, 울지 마라. 언니가 뽀빠이 대신 사탕 사주께."

"사탕?"

정희가 눈꼬리에 매달린 눈물을 짜내며 그제야 우는 걸 그쳤다.

"대신 언니하고 만화방 간 거는 비밀이다."

엄마가 만화방 가는 걸 마땅찮아 해서 한 말이었는데 사탕에 온통 맘이 꽂힌 정희는 새로운 기대에 부풀어 고개를 끄덕였다.

"아저씨, 만화 표 다섯 장하고 한 장은……, 사, 사탕으로 주면 안……됩니까?"

체온으로 따뜻하게 데워진 동전을 내밀며 조심스럽게 물었다. 정희는 손가락을 입에 물고 간절한 눈빛으로 사탕통을 바라보았다. 동전을 받아든 아저씨가 잠깐 동안 안경 너머로 나와 정희를 흘겨보듯 살폈다. 그 시간이 만화책 한 권은 너끈히 볼 만큼 길게 느껴졌다. 내가 입고 있는 목 늘어진 셔츠와 무릎이 반질거리는 바지. 등에 업힌 동우와 눈물자국으로 얼룩진 정희 얼굴까지. 아저씨의 눈은 그 모든 걸 낱낱이 들춰내고 까발려 살피는 것 같았다.

'안 된다면 어짜노? 제발……!'

간절한 마음을 숨기느라 나는 얌전히 자고 있는 동우를 추스르며 달래는 것처럼 몸을 흔들었다.

"안 되지만 내가 특별히 그래 주지! 대신 만화책 바까 보고 그러면 안 된다!"

만화방에 친구들과 나란히 앉아 다 읽은 책을 재빨리 바꿔 보는 아이들 때문에 골머리를 앓고 있던 아저씨가 습관처럼 한 말이었다.

"아저씨는, 혼자 왔는데 내가 누구하고 바까 본다고예."

사탕을 준다는 말에 맘이 놓여 나는 쓸데없는 말까지 하며 정희를 사탕통 앞으로 데려갔다. 사탕통엔 알록달록한 사탕이 가득했다. 정희 얼굴이 해바라기처럼 활짝 펴졌다.

"희야, 무슨 사탕 먹을래?"

"언니야, 저거! 저거!"

색깔만 다를 뿐 그게 그거인 똑같은 사탕이었지만 나는 정희가 손가락으로 가리킨 빨간 알사탕을 골라 입에 넣어줬다. 사탕을 입에 문 정희는 조금 전까지 훌쩍거리던 아이에서 세상에서 제일 행복한 아이로 바뀌었다. 나는 좌판에 놓여 있는 만화책을 뒤적여 보려고 했던 걸 찾았다. 엄희자 만화책은 있는데 김민의 만화책이 보이지 않았다. 분명 가게 앞 유리창에는 새로 나온 만화 표지가 있었는데. 아마 다른 사람이 골라가 보고 있는 모양이었다. 자기가 보고 싶은 책을 대여섯 권씩 골라서 자리 옆에 쌓아두고 보는 아이들도 있어 좌판에는 없는 만화책이 더러 있었다.

'안 되겠다. 오늘은 한 권만 보고 다음에 와서 마저 봐야지.'

내가 만화책을 보는 동안 정희는 사탕을 녹여 먹으며 얌전히 옆에 앉아 있었다.

만화책 한 권은 금방 다 넘어갔다. 엄마가 점심 먹으러 오려면 아직 시간이 남았다. 수돗물은 저녁 무렵에 나오니 물 받는 거는 오후에 하면 되었다. 아직 집에 가도 할 일은 없었다. 한낮에도 어두침침한 집으로 바로 들어가기가 싫었다.

"희야, 언니하고 등대 보러 갈래?"

"응. 등대 좋아. 등대!"

달달한 사탕을 먹어 기분 좋아진 정희는 내 뒤를 팔랑거리며 따라왔다. 나는 발걸음을 돌려 방파제 쪽으로 나갔다. 항구 쪽으로 가면 약장수를 구경할 수도 있었지만 오늘은 내키지 않았다.

시내 사람들은 영도다리를 경계로 오른쪽을 남항이라 불렀고 왼쪽은 북항이라 불렀다. 영도다리 바로 오른쪽인 남항 초입에는 자갈치시장이 있었고 대평동과 자갈치를 오가는 도선이 다녔다.

시내에서 다리를 건너 영도로 들어오면 봉래동과 대평동으로 이어지는 길과 항구 주변에는 선구점과 철공소, 작은 공장들이 줄을 지었다. 배를 운행하거나 수리하는 데 필요한 모든 것들은 여기서 다 구할 수 있었다.

봉래동과 대평동 해안가를 따라서는 크고 작은 조선소가 자리 잡고 있었다. 고기를 잡거나 물건을 실어 나르던 배들은 물론이고 바다에 떠다니는 모든 배는 때가 되면 이곳에서 낡은 선체를 수리했다.

매캐한 쇳가루 냄새와 항구로 쏟아져 들어오는 생활 오수 냄새. 낡은 배와 공장에서 버린 기름 냄새는 대평동의 냄새이기도 했다. 사람들은 그런 냄새에 젖어 깡깡이 소리와 공장의 기계 돌아가는 소리를 휘저으며 바쁘게 오갔다.

파란 불꽃을 튀기며 용접을 하는 길 건너편 항구 쪽 공터에는 약장수들이 전을 펴놓고 약을 팔기도 했다. 알코올에 허연 회충을 담은 유리병을 늘어놓은 회충약 장수도 있었고 작은 원숭이나 고슴도치 등을 묶어놓고 구경시키며 버짐약이나 무좀약을 파는 약장수도 있었다. 웃통을 벗어젖힌 약장수들은 이마로 벽돌이나 기왓장 깨는 차력 시범을 보이고 하얗게 분칠한 여자는 알록달록 한복을 차려입고 북이나 장구를 치며 노래를 불러 사람들을 모았다.

약장수가 늘어놓은 병이나 작은 원숭이, 차력 시범, 노래 부르는 여자들은 언제나 내 마음을 끌었다. 그것들은 징그러우면서도 한없이 처연했고 무서우면서도 이상한 매력으로 나를 사로잡았다. 나는 원숭이가 살았던 먼먼 곳의 우거진 숲을 떠올리기도 했고 노래를 부르는 여자는 병든 아버지의 약값을 벌기 위해 저렇게 노래 부르는 거라 상상하기도 했다.

온몸이 가시로 뒤덮인 고슴도치.

가늘고 긴 손가락과 커다란 눈에서 금방 눈물이 떨어질 것 같은 원숭이.

기합을 넣을 때마다 목에 푸른 핏줄이 불끈거리는 차력사.

보얗게 분바르고 입술은 붉게 칠했지만 한없이 슬퍼 보이는 여자.

그들은 모두 아득히 먼 사막에서 낙타를 타고 왔다가 다시 사막으로 돌아가는 것 같았다.

　　　　　　　　　　　　　　　　　　　깡깡이

*

"동식이가 내게 붉은 꽃이 핀 화분을 줬어."

잠에서 깬 엄마가 나를 보더니 중얼거렸다. 평생 깡깡이 망치를 놓지 않았던 강인한 엄마였지만 치매에 걸린 뒤로 다시 젊은 시절의 부드럽고 감성적인 모습으로 돌아갔다. 가난한 살림에도 엄마는 유난히 꽃을 좋아했다. 결혼 전 살았던 친정집 마당에 담을 따라 핀 해당화 이야기를 엄마는 자주 했다.

"그래요? 무슨 꽃이었는데?"

"해당화! 내가 좋아하는 붉은 해당화였어."

잠만 깬 게 아니라 정신까지 돌아온 모양이었다. 치매에 걸린 뒤 엄마는 차츰 딸들도 알아보지 못하곤 했다. 가끔씩 정신이 돌아오기도 했는데 지금이 그런 때였다.

"엄마, 정신이 들어? 내가 누구지?"

"니, 정은이 아니가. 큰딸."

왈칵 눈물이 나려는 걸 가까스로 참고 있는데 엄마가 또 혼잣말처럼 중얼거렸다.

"너한텐 늘 미안하고 염치가 없다."

"뭐가 염치없고 미안한데?"

"일만 시키고 공부도 못 시켜주고. 면목이 없지."

엄마는 다시 다른 사람에게 말하듯 중얼거렸다.

돌아서 눈물 삼키고 다시 엄마를 보니 엄마는 처음 보는 사람처럼 멀뚱히 나를 바라봤다. 엄마는 다시 망각의 강을 건너가버린 것 같았다.

팔 남매 중 유일한 딸이었던 엄마. 치매에 걸리기 전 엄마는 가끔 옛이야기를 들려주곤 했다.

"우리 아버지가 꽃분이라는 고운 이름을 지어줬지. 엄마는 나를 알뜰하게 부려먹기만 하고 공부도 제대로 시켜주지 않고 시집보냈어. 그 많은 땅 한 뙈기 안 주고. 농사짓는 부모 대신 동생들 돌보며 살림 사느라 국민학교도 마치지 못했어. 그때는 다른 부모들도 다 그랬어. 나는 딸한테 안 그러고 싶었지만 그게 마음대로 돼야지……."

엄마는 그런 말을 하면서 쓸쓸한 표정을 지었다. 결국 인간은 자기가 경험한 그 범주를 벗어나지 못하는 건가?

"할머니와 할아버지에다 부모님 두 분. 거기다 일곱 동생들까지. 식구가 열두 명이었다, 열두 명! 대식구에 치여 느그 아버지는 홀어머니와 동생 하나뿐이라 식구 단출해 좋다고 결혼했지. 바늘 하나 꽂을 땅도 없는 가난한 살림인 줄은 몰랐지. 인물은 참 훤했지. 노래도 잘했고."

엄마는 아버지가 다른 여자에게 가버린 뒤에도 마음을 못 접었다.

"내가 조금만 더 배웠으면 그년한테 안 뺏겼지."

엄마와 함께 자식을 다섯이나 낳아놓고 다른 여자한테 가버린 아버지. 아버지는 한 번인가 잠깐 우리를 찾아왔다가 수출선을 타러 나가선 영영 돌아오지 않았다. 나에게 아버지란 말은 무책임이란 말과 동의어였지만 엄마는 치매에 걸리기 전까지도 젊은 시절의 아버지를 잊지 못했다.

아버지를 대신한 엄마의 노동을 지켜보며 아이답게 자라지 못한 나의 어린 시절은 아버지에 대한 분노로 응어리졌고 나는 남자라는 인간 전체를 믿지 못하게 되었다.

세상의 모든 기억으로부터 벗어난 지금 엄마는 아버지한테서 자유로워졌을까?

엄마의 노래

방파제는 엄마가 깡깡이 일을 하는 조선소를 오른쪽에 끼고 바다 쪽으로 길게 나 있었다. 방파제 끝에 가면 건너편 남부민동 방파제 끝에 서 있는 흰 등대와 이송도 쪽에서 뻗어 나온 빨간 등대가 손에 잡힐 듯 가까웠다. 빨간 등대와 흰 등대는 남항을 감싸고 있는 긴 팔 같았다. 나는 방파제 끝까지 정희 손을 잡고 걸어갔다. 멀리 이송도 너머로 탁 트인 바다가 펼쳐졌다.

"깡깡깡깡깡깡깡깡⋯⋯."

조선소에서는 깡깡이 소리가 따갑게 쏟아졌지만 거칠 것 없이 탁 트인 바다를 보니 속까지 환해졌다. 겨울 햇살이 푸른 바다 위에 물고기 비늘처럼 반짝였다. 겨울답지 않게 따뜻한 날씨였다. 바다에서 불어오는 짭조름한 바람은 조선소에서 나오는 쇳가루 냄새와 페인트 냄새도 말끔히 씻어갔다.

'저 멀리 어딘가에 아버지가 있겠지?'

돈 벌어 오겠다며 집을 나간 아버지는 한 해가 저물어가는데도 소식조차 없었다. 고향 사람인 금식이네 아저씨가 강원도에선가 아버지를 만났다던가? 엄마는 금식이네 아저씨가 다녀간 뒤로 잠을 잘 이루지 못하는 눈치였다. 그러다 아버지를 만나고 오겠다며 며칠 집을 비우더니 돌아오자마자 깡깡이 일을 시작했다. 집안일밖에 모르던 엄마가 무슨 일로 깡깡이 일을 할 결심을 했는지 궁금했지만 물어보지 못했다. 아니, 물어보면 안 될 것 같았다.

'아버지가 탄 배가 저 먼 바다 어딘가를 항해하고 있을 거야.'

바다만 보면 아버지 생각이 났다. 늘 집을 떠나 있는 아버지. 혼자 우리들을 키우며 아버지를 기다리는 엄마.

엄마는 혼자 노래를 잘 불렀다. 구멍 난 양말을 기울 때나 빳빳하게 풀 먹인 이불 홑청을 꿰매며 엄마는 노래를 부르곤 했다. 엄마가 부르는 노래는 애절하면서도 구슬펐다.

"어~얼마나 머얼고오 머언지

그리이운 서우울은

파도가 기일을 마악아 가고파도 모옷 갑니이다

바다가 육지라면 바다가 육지라면
배 떠난 부두에서 울고 있진 않을 거어슬
아~ 아 바다가 육지라아면 누운물은 어업섰스을 것을."

"다앙신과 나아 사이에 저 바다가 없었드라면
쓰으라린 이별만은 어업섰스을 거어슬
해에 저어문 바아닷가에 떠어나가아는 연락선을
가슴 아프으게 가슴 아프게 바라보진 아안았을 걸
갈매기이이도 내 마음가아치 모옥메에어 우우네에."

엄마가 부르던 노래가 귓전에 생생하게 들렸다. 바다가 좋았
지만 바라보고 있노라면 나도 모르게 슬픈 마음이 들기도 했
다. 바다에는 아버지가 있었고 아버지를 기다리는 엄마의 애절
한 노래도 같이 있었다.

바다가 늘 슬프기만 한 건 아니었다. 먼 바다를 바라보던 눈
길이 발아래 파도가 찰싹이는 방파제 아래에 머물렀다. 밀려온
파도가 부서지는 방파제에는 방파제를 만들 때 쌓아놓은 큰 바
위들이 물에 잠겨 있고 바위에는 굴과 따개비들이 다닥다닥 붙
어 있었다. 바닷물이 찰싹이는 곳에는 자잘한 고동과 해조류
들이 붙어 있고 그 위로 조그만 게들도 볼볼 기어 다녔다. 그런

바위틈에 갈치나 고등어 대가리를 꿴 철사를 넣으면 게가 서너 마리씩 딸려 나오곤 했다.

동식이는 게 잡는 선수였다. 고등어 대가리 꿴 철사 서너 번만 넣었다 올리면 게는 작은 깡통에 금방 차고 넘쳤다. 잡은 게를 나란히 세워 경주도 시키고, 입에서 뽀골뽀골 내뿜는 거품을 누구 게가 더 크게 만드는지 시합도 하고. 동생들과 방파제에 나와 게를 잡고 놀다 보면 시간 가는 것도 모를 만큼 재밌었다.

동생들과 놀던 생각이 나자 슬며시 웃음이 나왔다. 먼 바다는 그리움과 슬픔이었지만 가까이 있는 바닷가는 즐거운 놀이터였다. 여름철이면 방파제 바깥 해안가에는 동네 아이들이 몰려나와 해수욕을 하느라 하루해가 짧았다.

"언니야, 집에 안 가나?"

정희가 재촉하는 소리에 퍼뜩 정신이 들었다. 어느새 엄마가 점심 먹으러 올 때가 다 되어가고 있었다.

"그래. 인자 집에 가자."

나는 정희 손을 잡고 집으로 향했다.

"깡깡깡깡……."

타박타박 걸어가는 등 뒤로 깡깡이 소리가 따라왔다.

그림으로 그린 집

겨울방학 동안 우리 집은 자연스럽게 동네 아이들의 아지트가 되었다. 엄마가 없다는 건 아이들에겐 신나게 놀 수 있는 기회이기도 했다. 동식와 영배, 성하. 말썽쟁이 세 뭉치는 수시로 집에 몰려와 분탕질하며 놀다 몰려나갔고 문철이도 밥만 먹고 나면 우리 집에 놀러 왔다.

문철이는 이삼일 걸러 책장에 있는 책을 한 권씩 들고 왔다. 세계 명화를 모아놓은 화집은 내 가슴을 뛰게 만들었다. 보고 또 보고. 나는 그 책을 결국 문철이에게 돌려주지 않았다. 문철이도 내가 워낙 그 책을 좋아하자 아예 돌려받을 생각조차 안 했다.

동식이는 엄마가 집에 있을 때만 내 말을 듣는 척하다 엄마가 일하러 가고 나면 하루 종일 영배랑 성하와 몰려다녔다. 방학 숙제 같은 건 안중에도 없었다.

그날도 말썽쟁이 세 뭉치는 방 안에서 씨름을 한다며 난리를 벌였다.

"아이고, 방구들 내리앉겠다. 밖에 나가서 놀아라. 밖에!"

견디다 못한 내가 셋을 쫓아내고 채 삼십 분도 지나지 않았다. 셋 중 가장 키가 작은 성하가 구르듯 달려왔다.

"누, 누나! 동식이 바, 박 깨졌어요!"

"뭐? 동식이가 뭐라고?"

허둥지둥 골목을 달려나가는데 저만치서 영배가 동식이를 부축해 오는 게 보였다.

"제 발로 걸어오는 걸 보니 크게 다치지는 않았구나!"

놀란 가슴을 쓸어내리며 보니 영배가 손으로 막고 있는 뒤통수에서 시뻘건 피가 흥건하게 배어나오고 있었다.

"누, 누나……, 으아앙!"

동식이는 나를 보자 참았던 울음을 터트렸다. 아프기도 하겠지만 누나한테 야단맞을 게 겁나 앞질러 엄살을 부리는 것 같은 울음소리였다. 엄살이겠거니 했는데 누르고 있던 영배 손을 떼고 상처를 보자 가슴이 다시 철렁 떨어졌다. 이 센티쯤 찢긴 상처에서 피가 계속 배어나왔다.

"아이고, 어짜노! 어디서 머리를 깼노!"

"원목 쌓아놓은 데서 잡기놀이 하다가 떨어져……."

영배가 먼저 나서서 설명을 하는데 동식이가 씩씩대며 소릴 질렀다.

"씨발놈아, 니가 뒤에서 잡아땡깄다 아니가! 엉엉엉."

동식이는 더 큰 소리로 울며 지 잘못이 아니라고 둘러댔다. 꺽다리 별명을 가진 영배는 큰 키를 어디 구겨서라도 숨기고 싶은 듯 웅숭그리며 쩔쩔맸다.

"아이고! 내가 너 때매 못살겠다, 못살아! 얼른 집에 가자. 집에."

나는 동식이를 데리고 집으로 들어갔다. 깨끗한 수건으로 상처를 누른 뒤 물수건으로 목덜미와 몸에 묻은 피를 닦는데 옆집 성만이 아줌마가 소란스러운 소리를 듣고는 네모진 머리를 빼꼼 디밀었다. 아줌마도 어디 아픈 듯 머리에 흰 띠를 질끈 동여매고 있었다.

"에그, 머리가 깨졌다고? 어디 보자. 나도 머리가 깨질 듯 아파 오늘 일을 못 나갔는데."

성만이 아줌마는 상처를 들여다보더니 별일 아니라는 듯 내게 말했다.

"쪼매 찍혔네. 정은아, 된장 한 숟가락 퍼 온나. 그라고 안 입는 난닝구 같은 거 있으면 가져와 바라."

"안 입는 난닝구예? 엄마 난닝구 떨어진 게 어디 있을 건데."

나는 아줌마가 시키는 대로 된장을 한 숟갈 퍼다 주고 바느질 소쿠리를 뒤졌다. 동우 기저귀감 하고 남은 자투리 천이 눈에 띄었다.

"아줌마, 이거면 돼요?"

"그래, 그거면 되겠다. 깨진 데는 된장이 최고지!"

성만이 아줌마는 동식이 상처에 된장을 붙이고 기저귀 천으로 친친 동여매줬다.

"아! 아아아……."

동식이가 따갑다고 소리를 질렀다.

"아이고, 머시마가 엄살은! 갠찮다. 머시마는 박도 깨고 그라면서 크는 거다. 인자 한 사나흘만 지나면 나을 거다. 아이고 골치야!"

아줌마는 아무 일도 아니라는 듯 척척 처치해준 다음 네모진 머리를 흔들며 자기 집으로 갔다.

"오빠야, 많이 아프나? 내가 호 해주까."

동식이가 피를 흘리며 들어오는 걸 보고 겁에 질려 방구석에서 꼼짝도 않고 있던 정애가 머리를 친친 동여맨 오빠한테 조심스럽게 다가가 말을 건넸다. 마음결이 곱고 따뜻한 만큼 정애는 형제들 중 겁도 가장 많았다.

"개안타. 인자 안 아프다. 우리 정애가 걱정해주니까 하나도 안 아프다!"

동식이도 그런 정애를 제일 아꼈다. 누나인 나는 늘 땍땍거리며 야단만 쳤고 정희는 아직 어려 말상대가 안 됐지만 정애는 오빠야 오빠야 하며 따르니 예뻐하지 않을 수 없었을 거다.

"어이구, 어디가 깨져야 가만 앉아 있제. 다른 데 다친 데는 또 없나?"

"여기. 다리하고 팔도……."

머리 깨진 것만 신경 쓰느라 다른 덴 미처 살피지 못했는데 팔꿈치와 무르팍도 심하게 긁혀 피가 엉켜 있었다. 상처를 본 정애가 또 울먹울먹했다.

"오빠야, 많이 아프나. 여기도 피 나고 여기도……."

"개안타 정애야. 오빠야 안 아프다."

동식이는 정애 앞에서 한껏 용감한 오빠가 되어 참을성을 발휘했다. 나는 물수건으로 상처를 닦아낸 뒤 빨간약을 발라주고 정애는 옆에서 호호 입김을 불어주었다. 정희도 언니 따라 호호거리며 입김을 불었다. 아이들이 몰려와 노느라 늘 왁자하던 집이 모처럼 차분하게 가라앉아 있는데 영배가 다시 현관문을 열고 들어왔다.

"누나야. 이거……."

영배는 큼지막하게 부친 김치전을 한 소쿠리 들고 와 내밀었다.

"이게 뭐고?"

내가 눈이 동그래져 묻는데 동식이는 조금 전에 나한테 고자질한 건 잊어버린 듯 침을 삼키며 소리를 질렀다.

"찌짐이네. 우와! 맛있겠다."

"엄마가 갖다 주라고……."

영배는 미안한 마음이 아직 가시지 않은 듯 기어들어가는 목소리로 말했다.

'머시마는 박도 깨고 그라는 거라 카드마는 미안하기는 한갑다. 된장도 발라주고 이렇게 찌짐도 구워주고.'

영배가 가져온 김치전을 동생들과 나눠 먹고 모처럼 따뜻한 방바닥에 머리를 맞대고 엎드렸다.

"언니가 그림 그려줄게. 자 봐라."

나는 다 쓴 공책 뒤쪽 남은 페이지에 쓱쓱 그림을 그리기 시작했다. 문철이한테서 빌린 책에서 봤던 그림 같은 집을 떠올리며 그린 이층집이었다. 레이스 커튼이 쳐진 창가에는 꽃이 핀 화분도 놓여 있고 집 옆에는 커다란 나무와 자잘한 풀꽃도 그렸다. 내 손끝에서 형체를 드러내는 집을 보며 동생들의 눈이 반짝였다. 정애가 먼저 감탄을 터트렸다.

"와! 언니야, 진짜 예쁜 집이다."

"이게 앞으로 우리가 살 집이다. 일층에는 부엌하고 안방이 있고 이층에도 방이 두 개나 있는 기라. 하나는 아주 큰 방이고 하나는 그보다 좀 작아. 큰 방에는 정애랑 우리 희야랑 내캉 셋이서 쓰는 방이고 작은 방은 동식이랑 동우 방이다."

"동우도?"

동식이가 침을 꿀꺽 삼키며 물었다.

"그럼. 지금은 아기지만 나중에 크면 형하고 같이 방을 써야지."

"아! 맞네."

정애가 고개를 끄덕이다 다시 물었다.

"언니야, 이런 방에는 연탄까스 안 나제?"

"그럼. 연탄까스도 안 새고, 변소도 우리 식구들끼리만 쓰는 집이지."

대문도 마당도 없이 현관문만 열면 안이 다 드러나는 집보다 성만이네 식구들과 같이 쓰는 화장실이 나는 더 불편했다. 아침마다 성만이네 부자가 피운 담배 냄새와 똥오줌 냄새가 뒤섞인 화장실에서 볼일을 보는 건 정말 고역이었다. 아무것도 감출 수 없는 집은 오히려 다 드러내놓음으로써 편할 수도 있었지만 고약한 냄새는 아무리 적응하려 해도 잘 안 됐다.

깡깡이

"이거는 우리 희야 장난감 인형."

"언니야, 나도. 나도! 나는 예쁜 옷 그려줘."

정애는 늘 내가 입다 작아진 옷을 물려받아 입었다.

"그래, 우리 정애도 예쁜 새 옷 입어야지!"

"누나, 나는 설탕 듬뿍 무친 꽈배기 도나스! 팥 앙꼬 든 도나스도!"

"시장통에 곰보아저씨 가게 도나스 말이가?"

"어! 나는 나중에 돈 벌면 곰보아저씨네 도나스 다 사 묵을 거다. 배가 터질 때까지!"

동식이는 침을 삼키며 말했다.

"그래. 우리 도나스 실컷 무보자."

나는 아예 공책 한 면 전체에 커다랗게 접시를 그리고 그 위에 꽈배기도넛과 팥소가 든 도넛을 수북이 그렸다.

"냠냠냠!"

시늉만으로도 쫄깃하고 달콤한 도넛을 먹는 것처럼 즐거웠다.

"도나스 실컷 묵었으니 이번에는 옛날이야기 해주께."

나는 다시 공책에 그림을 그렸다. 산을 그리고 꼬부랑길을 그리며 이야기를 시작했다.

"옛날에 꼬부랑 할머니가 살았는데, 꼬부랑 할머니가 꼬부랑 고개를 넘어가는데 똥이 마려운기라. 꼬부랑 할매가 꼬부랑 똥을 누는데 꼬부랑 강아지가 와서 꼬부랑 똥을 먹으니까 꼬부랑 할매가 꼬부랑 지팡이로 꼬부랑 강아지를 때렸더니 꼬부랑 강아지가 꼬부랑깽깽! 꼬부랑깽깽! 울면서 꼬부랑 고개를 넘어가더란다."

"언니야, 또 해도. 언니가 해주는 이야기는 진짜 재밌다."

"진짜가?"

"응. 누나가 해주는 이야기는 최고다."

동식이도 엄지손가락을 치켜세웠다.

동생들은 내가 들려주는 이야기보다 이야기 해주는 그 자체를 좋아했다. 시끄럽다고 야단치지 않고 조용조용한 목소리로 들려주는 이야기가 엄마 없는 시간 동안 동생들을 따뜻하게 감싸주었기 때문인지도 모른다.

어두워져서야 집에 돌아온 엄마는 씻고 저녁을 먹기 바쁘게 쓰러져 잠들었다. 영배네 엄마가 된장 발라 감아준 동식이 머리를 보고는 "그만하길 다행이네" 그 말뿐이었다. 그즈음 엄마는 반쯤 혼이 나간 사람 같았다. 나는 그런 엄마를 지켜볼 수밖에 없었다. 내가 할 수 있는 일은 동생들 잘 돌보고 집안 살림 사는 게 전부였지만 최선을 다했다. 일에 지친 엄마를 조금이라도 웃게 할 수 있다면 무슨 일이라도 다 할 수 있을 것 같았다.

오아시스

아버지의 사고 수습을 하느라 빚을 내기도 했지만 우리는 먹고사는 것도 빚을 내서 살아야 했다. 엄마는 깡깡이 일해서 번 돈으로 이자며 원금까지 꼬박꼬박 갚았다. 엄마 입에선 한숨이 그치지 않았다. 고달픈 생활도 엄마를 힘들게 했지만 돈 벌러 간다고 집 나간 아버지가 강원도에서 다른 여자와 살림을 차렸다는 소문은 엄마를 더 힘들게 만들었다.

먼 친척뻘 되는 금식이네 아저씨가 엄마를 찾아와 아버지의 소식을 전해준 뒤로 잠을 이루지 못하던 엄마가 상순네 할매한테 하소연하는 걸 우연히 듣게 되었다.

"애비란 인간이 그리 무책임해도 되는교? 아지매요, 나는 우째 살아야 하는교? 사고쳐서 빼낸다고 빌린 돈까지 빚이 대추

나무에 연 걸리듯 걸리 있는데! 딴살림이 뭡니꺼? 딴살림이! 저 눈 까만 자식 다섯을 내 혼자 우째 키우는교?"

엄마가 눈물바람 하며 울먹이는 걸 상순네 할매는 그까짓 거 아무 일 아니라는 듯 덤덤하게 말했다.

"이 사람아, 나는 더 젊은 나이에 남편 바다에 수장시키고도 혼자 자식들 키우며 살았다. 남편 따라 죽고 싶었지만 자식들이 눈에 밟혀 못 죽겠더라. 자네는 남편이 딴살림 차렸거나 말거나 그래도 살아 있다 아니가. 자식이 다섯이나 있는데 지가 가면 어딜 가겠노? 어쩌면 정은이 아버지도 객지에서 생활 할라니까 의지할 곳이 필요해 그랬을지도 모른다. 걱정 마라. 언젠가는 돌아올 끼다. 새끼들 봐서라도 맘 단디 묵고! 어미가 새끼들 키워야지 우짜노. 산 사람은 우째 살아도 살아지더라."

상순네 할매 말을 듣는 내 주먹이 불끈 쥐어졌다.

벼랑 끝에 내몰린 것처럼 절박한 환경은 엄마를 다른 사람으로 만들었다. 주저거리던 눈빛에는 어떻게라도 살아야 한다는 결기가 더해졌고 자주 한숨을 내쉬던 입매는 앙다물어졌다. 깡깡이 일을 하는 조선소는 엄마에겐 더는 피할 수 없는 막장과 같은 곳이었다. 광부가 굴 속에 들어가 석탄을 캐내듯 엄마는 높다란 배에 매달려 깡깡이 망치로 쇠를 떨어냈다.

엄마 혼자 애쓰는 건 잘 알고 있었지만 그렇다고 서운한 마음조차 안 드는 건 아니었다. 별로 재밌는 학교도 아니었고 공부가 즐거웠던 것도 아니었다. 하지만 아무도 내 생각을 해주지 않는다는 건 쓸쓸한 일이었다. 그런 나에게 같은 처지의 친구가 있다는 건 위안을 넘어 든든한 의지가 되기도 했다. 나는 아무에게도 말하지 않은 비밀을 너한테만 말한다는 듯 목소리를 낮춰 숙희 귀에다 소곤거렸다.

"우리 아버지 돈 벌어 온다고 가서는 강원도에서 딴 여자랑 살림 차렸단다."

말하고 나니 마음은 더 쓸쓸해졌다.

"엄마는 내가 중학교 가는 것도 모르는 것 같고. 우째야 될지 모르겠다. 내가 동생 안 보면 엄마는 일도 못 하는데."

저절로 한숨이 나왔다.

"우리 엄마는 어디로 갔는지 아무도 모른다."

숙희도 풀 죽은 목소리로 말했다. 우리는 한동안 서로의 감정에 빠져 침묵에 잠겼다.

먼저 침묵을 깬 건 나였다.

"숙희야, 니는 이런 생각 안 해봤더나? 우리 아버지나 느그 엄마처럼 이 세상 어딘가에는 도망치듯 떠나간 사람들이 사는 그런 마을이 있는지도 모른다는 생각 말이다. 힘들고 지친 사람들이 모여 사는 마을. 어릴 때 살던 고향 같은, 메마른 사막

어딘가에 있는 오아시스 같은 그런 마을 말이다.”

“오아시스? 그게 뭔데?”

“맑은 물이 샘솟고 시원한 나무 그늘이 있는 곳. 사막을 건너는 낙타와 사람들이 마른 목을 축이고 지친 몸을 편히 쉴 수 있는 곳. 우리 아버지도 느그 엄마도 그런 곳에서 쉬다가 돌아오면 진짜 좋겠다! 그자?”

숙희는 꿈꾸듯 중얼거리는 나를 멀뚱히 보더니 정색을 하고 말했다.

“오아시슨지 뭔지 나는 모르겠고. 졸업하면 나는 돈 벌 거다.”

나는 깜짝 놀랐다. 나도 모르게 목소리가 한 옥타브 올라갔다.

“어떻게? 돈을 어떻게 버는데?”

국민학교를 졸업한 열네 살 여자아이가 돈을 벌 수 있다는 게 믿기지 않았다.

“뭐든 할 일이 있겠지. 우리 언니는 봉제공장 다니는데 언니 따라 공장에 가든지 신문 배달 같은 것도 할 수 있고. 월급 받으면 옷도 사 입고 찐빵도 사 묵고. 내 맘대로 다 쓸 거다.”

숙희는 아주 자신감 넘치는 목소리로 말했다. 나보다 키가 커 그런가? 숙희는 생각하는 것도 말하는 것도 거침이 없었다.

‘내가 돈을 벌어서 맘대로 쓸 수 있다니. 만화책도 실컷 볼

수 있고 동생들한테 도넛도 사줄 수 있다니!'

새로운 세상을 엿본 기분이었다.

그런 내 마음을 읽기라도 했을까? 며칠 뒤 엄마가 나를 불러 앉히더니 말을 꺼냈다.

"아무리 생각해봐도 니를 중학교에 못 보낼 것 같다. 동생들이랑 먹고살려면 엄마가 깡깡이 일을 해야 하는데 니가 학교 가면 동우는 누가 봐주겠노? 한 해만 쉬었다가 내년에 중학교 가면 안 되겠나. 내년이면 느그 아버지도 수첩 정지 묵은 거 풀려 다시 배를 탈 수 있지 싶다."

짐작은 하고 있었지만 막상 엄마를 통해 그 말을 들으니 울컥했다.

"아버지 강원도에서 딴살림 차렸다면서요?"

느닷없는 말에 엄마가 화들짝 놀라며 손사래를 쳤다.

"그게 아니다! 딴살림 차린 게 아니라 어판장 앞에서 식당하는 여자가 아버지를 돌봐준다고 그리 소문이 난 거라."

엄마는 다시 한숨을 쉬며 말을 이었다.

"먹고 잘 데가 없으니……. 어판장에 고깃배 들어오면 이런저런 일 해주면서 일자리 알아보는 모양이더라. 고생스럽더라도 조금만 참으면 된다니까 우짜겠노."

딴 여자에게 의탁해 사는 남편보다 품고 있는 다섯 아이들 먹여 살리는 일이 더 절박했던 엄마가 할 수 있는 선택은 별로 없었다. 밑천 드는 장사를 할 수 있는 형편도 아니었고 장사 경험도 없었다. 당장 엄마가 깡깡이 일을 하지 않으면 먹고살 길이 막막했다. 아버지가 다시 돌아와 돈을 벌 때까지 어떻게 해서라도 살아야 했다.

서운하긴 했지만 뻔히 아는 형편과 엄마의 간절한 부탁을 외면할 수는 없었다. 아니, 어쩌면 나는 엄마가 말을 꺼내길 기다리고 있었는지도 몰랐다.

'재미도 없는 학교. 일 년 뒤에 가면 되지 뭐!'

부산으로 전학 온 뒤 졸업할 때까지 정을 붙이지 못했던 학교였다. 같은 중학교를 다니고 싶을 만큼 친한 친구들이 있었던 것도 아니었다. 형편이 그러니 어쩔 수 없다고. 중학교는 내년에 가면 된다고 스스로를 설득했다. 거기다 단 한 명뿐인 같은 반 친구 숙희도 중학교 진학을 못 한다는 것도 한몫했다. 어쩌면 영영 학교를 가지 못할 수도 있다는 것까지는 미처 생각하지 못했다. 그 순간에는.

＊

　엄마를 요양원에 모셔놓고 얼마 지나지 않았을 때였다. 그날 내가 엄마를 만나러 갔을 때 엄마는 노래를 부르고 있었다. 출입문을 등진 채 침대에 걸터앉아 창밖을 내다보는 자세였다. 작은 목소리였지만 잔뜩 멋이 묻어 있었다.

　"해에 저어문 부우우두에서 떠어나아가는 연락선을
　가아슴 아아프게 가아슴 아프게 바라아보진 아안았을 걸……."

　내가 가만히 서 있었지만 인기척을 느낀 엄마가 몸을 돌려 나를 봤다. 엄마는 빙긋 웃고는 노래를 마저 부르며 손짓으로 나를 불렀다. 친한 친구를 부르는 것 같은 손짓이었다.

　"갈매에기이도 내 마으음처럼 목 노오오아 우우우우네."

　노래가 끝나길 기다려 내가 먼저 말을 건넸다.
　"울 엄마 오늘 기분 좋으시네?"
　"호홋. 꿈에 느그 아부지 만났다 아니가."
　"아빠가 뭐라셨는데?"

오아시스

"뭐라긴. 옛날 시골 집 마당에서 젊을 때 모습 그대로 빙그레 웃으며 나를 보고 있더라. 갓 결혼했을 때처럼."

엄마 볼이 새색시처럼 발그레 물들었다.

'결혼도 안 하고 늙어가는 딸 앞에 뭔 주책이람?'

정신이 돌아온 엄마한테 나는 심술궂은 질문을 했다.

"아빠는 왜 우리를 버리고 갔을까?"

엄마는 눈을 꼭 감았다. 돌아가신 지 오래지만 당신과 자식들을 두고 다른 여자에게 가버린 아빠는 엄마에게 여전히 아물지 않은 상처였다. 엄마는 가늘게 떨리는 목소리로 말했다.

"느그 아부지 처음엔 참 다정하고 자상했지. 그런데 그년한테 미쳐서는 내가 무식하고 능력 없다고 무시했어."

"아버지가? 엄마는 그런 아버지가 뭐가 좋다고?"

"그래도 느그 아버지 아이가."

엄마는 풀 죽은 목소리로 중얼거렸다. 자식들 아버지라는 것만으로도 엄마에게 아버지는 평생 남편으로 남을 수 있었다.

"늬 아버지도 불쌍한 사람이었다. 돌에도 낭게도 기댈 데가 없었으니. 독사 같은 년 만나서 물린 거지."

'독사 같은 년' 할 때 엄마 목소리에는 그 여자에 대한 증오심이 가득했다. 치매에 걸려서도 엄마가 놓지 못한 두 가지는 큰아들에 대한 애정과 그 여자에 대한 증오심이었다.

엄마는 다시 혼곤한 잠으로 빠져들었다. 틀니가 빠진, 채 다물어지지 않은 입은 바닥에 닿을 수 없는 깊은 구멍처럼 보였다. 나는 가만히 엄마 입술에 손가락을 갖다 댔다. 물기라곤 없는 까칠함. 손, 발, 입술까지. 엄마의 몸은 물기라곤 없이 건조하고 까칠했다.

'윤기 감돌던 붉은 입술은, 희고 풍만하던 가슴은 어디로 가버렸을까? 나도 나이가 들면 이런 모습이 되겠지.'

더없이 쓸쓸했다. 결혼을 했더라면 덜 쓸쓸했을까? 모르겠다. 안 해봤으니.

문득 문철이가 떠올랐다.

작은 스케치북 한 권 가득 아폴리네르의 「미라보 다리」 같은 시를 적어주던 친구. 사춘기 때 나를 향한 그의 마음을 느낄 수 있었지만 나는 모른 척 외면했다. 내 삶에 찾아온 단 한 번의 분홍빛 감정을 나는 싹부터 잘라버렸다. 아버지가 심어준 남자에 대한 불신. 가장 역할을 떠맡을 수밖에 없었던 엄마에 대한 연민. 맏이로서 내 어깨에 지워진 책임 등. 이성에 대한 달달한 감정에 빠져 살수 있는 상황이 아니었다. 살림만 살던 소극적이고 얌전하던 엄마도 차츰 억척스러워질 수밖에 없었다.

"도오시가…… 꼬ㅊ……. 도, 도오시가."

구멍 같은 엄마 입에서는 계속 잠꼬대처럼 동식이 이름이 흘러나왔다. 닫힌 눈꺼풀에서 눈물이 흘러내렸다. 징글징글한 집착과

애정이었다. 의식을 놓아버린 뒤에도 결코 놓지 못한 큰아들에 대한 집착!

엄마는 죽은 뒤에나 그 집착에서 벗어나질까?

엄마에게 동식이는 절대 배신하지 않을 남자였다. 그 믿음 덕분에 아버지가 바다에서 행방불명되었을 때도 엄마는 놀라울 정도로 담담했다. 엄마한테는 아직 큰아들이 있었으니까. 그런 믿음으로 남은 삶을 버틸 수 있게 해준 게 큰아들이 엄마한테 해준 유일한 역할이었다.

아시바

끝날 것 같지 않던 추운 겨울도 오륙도 너머 불어오는 따뜻한 바람엔 어쩔 수 없이 물러갔다. '봄이 언제 오나'던 사람들도 어느 순간 두터운 겉옷을 벗어던졌다.

봄이 시작되면서 엄마는 아시바를 타기 시작했다. 배 옆구리 부분의 녹을 떨어내기 위해 늘어뜨린 줄에 널빤지를 매고 그 위에서 작업하는 걸 아시바를 탄다고 했다. 오 미터도 넘는 높이에 올라가 아슬아슬 걸터앉아 녹을 떨어내는 작업은 위험한 만큼 돈을 더 받았다. 처음 깡깡이 일을 시작하는 사람은 아시바를 타고 싶어도 못 탔다. 위험하고 돈을 더 주는 만큼 숙달된 사람만 아시바를 탈 수 있었다. 엄마가 깡깡이 일을 시작한 지도 육 개월이 다 되어갔다.

아침이면 엄마는 영배네 아줌마랑 상순네 할매와 같이 조선
소로 갔다가 저물녘이면 지친 몸을 끌고 집으로 돌아왔다. 파
김치가 되어 오는 엄마한테서는 녹슨 쇠 냄새가 났다. 광부처
럼 거무튀튀한 얼굴에 걸을 때마다 몸에서 쇳가루가 떨어졌다.
엄마와 함께 따라온 싸한 쇠 냄새와 검은 쇳가루는 몸으로 정
직하게 일해서 먹고사는 사람들의 증표 같았다.

세수를 하고 옷을 갈아입은 엄마는 새로 기운을 내 찌개나
국을 끓여 저녁을 차리고는 순가락을 놓기 바쁘게 곯아떨어졌
다. 엄마가 오기 전에 밥해놓는 것과 설거지, 집안 청소와 동생
들의 숙제를 살피는 일은 늘 내 몫이었다.

아버지는 여전히 돌아오지 않았고 엄마는 더 억척스레 일했
다. 첫돌을 지난 동우는 이제 엄마 젖 대신 밥을 먹기 시작했고
나는 더 이상 조선소로 젖 먹으러 가지 않아도 되었다.

그즈음 엄마는 귀에서 깡깡이 소리가 들린다며 고개를 흔들
곤 했다.

"엄마, 힘들면 며칠 쉬었다가 일하지요."

내가 엄마 표정을 살피며 조심스럽게 말했다.

"내가 쉬면 느그들 밥은 누가 먹여주고? 엄마 괜찮다. 인자
조금만 있으면 느그 아버지가 돌아올 거다. 니도 힘들겠지만
그때까지만 더 참아라. 아시바 타고부터 돈도 더 받고, 이래저

래 빌린 돈도 조금씩이라도 갚을 수 있어 얼마나 다행인데.”

말은 자신 있게 했지만 엄마 얼굴은 바닷바람과 햇볕에 바랜 마른 풀 같았다.

그날은 점심 먹으러 온 엄마가 여느 때보다 더 지쳐 보였다.

“엄마, 괜찮아요?”

밥상을 앞에 두고 물만 들이켜는 엄마를 보고 내가 걱정스럽게 물었다.

“개안타! 자꾸 귀에서 깡깡이 소리가 들려서…….”

괜찮다는 말로 내 걱정을 달랬지만 피곤에 절은 엄마 눈가에는 짙은 그늘이 져 있었다.

찬물에 만 밥 한 대접.

고추장에 찍은 마른 멸치 조금.

김치 한 사발.

내가 보기에도 엄마가 먹는 음식은 너무 부실했다.

‘저래 묵고 우째 일을 하겠노?’

엄마가 점심을 먹고 일하러 간 뒤에도 나는 자꾸만 엄마 모습이 떠올랐다.

‘우리는 언제까지 이렇게 살아야 하나?’

막막했다.

‘아버지는 우리를 기억이나 하는지 모르겠다.’

마음이 한없이 가라앉았다. 가라앉은 마음 한구석으로 평소와는 다르게 알 수 없는 불안한 느낌이 연탄가스 스며들듯 스멀스멀 똬리를 틀었다.

"오늘 기분이 와 이렇노? 정희야, 언니랑 바닷가에 갈래?"

나는 잘 놀고 있는 동우를 들쳐 업고는 정희까지 데리고 방파제에 나갔다.

"깡깡깡깡……."

평소와 다름없는 깡깡이 소리도 그날은 슬프게 들렸다. 탁트인 바다를 봐도 가라앉은 마음은 쉽게 회복되지 않았다.

집에 돌아온 나는 동우를 업고 골목 앞에서 서성이며 엄마를 기다렸다.

저녁 무렵 상순네 할매와 함께 집으로 돌아온 엄마는 오른쪽 팔에 깁스를 하고 있었다. 뿐만 아니라 다리도 심하게 다친듯 절뚝거렸다. 가슴에서 커다란 바위가 쿵! 하고 떨어지는 것같았다.

"어, 엄마!"

비명처럼 내지르는 내 목소리는 벌써 반쯤 울음이 섞여 있었다.

"일 마칠 때 다 돼가지고 사고가 났다. 느그 엄마는 팔이 부러졌고 영배 엄마는 많이 다쳐 지금 병원에 있다. 운수 상그러워 다친 거 우야겠노. 어서 엄마 모시고 집에 들어가거라."

상순네 할매는 별일 아니라는 듯 말하고 자기 집으로 들어 갔다. 아무리 산전수전 다 겪은 사람이라지만 사람이 다쳤는 데. 그것도 두 사람이나!

'저 할매가 내가 알던 그 상순네 할매 맞나?'

친할머니처럼 의지했던 상순네 할매가 그 순간만큼은 처음 본 사람처럼 낯설었다.

불길한 예감은 어쩜 이렇게 한 번도 비켜가지 않는 걸까? 요 며칠. 엄마를 볼 때마다 마음이 조마조마했는데 기어코 몸을 다치고 말다니! 나는 다리에 힘이 풀렸다.

"엄마, 많이 아프나? 으아앙……."

맘 여린 정애가 제일 먼저 울음을 터트리자 울보 정희가 기 다렸다는 듯 따라 울며 엄마한테 매달렸다

"엄마, 엄마…… 앙앙앙앙!"

동식이도 울먹이며 엄마를 불렀다.

"어, 엄마. 으허엉엉."

"엄마 개안타! 어여 밥 먹자. 정은아, 영배 혼자 있을 낀데. 불러다 같이 저녁 먹자 해라."

그 와중에도 엄마는 영배를 챙겼다. 영배는 또 얼마나 놀라 고 무서울까.

"내가! 내가 갈게."

동식이가 득달같이 뛰어나가더니 혼자 들어오며 말했다.

"영배네 집에 아무도 없어요."

엄마가 다쳤다는 소리를 듣고 병원으로 달려간 모양이었다.

"영배 엄마는 왼쪽 갈비뼈가 세 대나 부러지고 왼쪽 팔과 다리뼈도 부러져 수술해야 된단다. 얼굴도 많이 갈렸는데 그래도 그만하기 다행이지. 조심성 많은 사람이 어쩌다가 아시바 줄에 걸려 중심을 잃고 떨어졌는지 모르겠다. 옆에 있던 나도 순식간에 같이 떨어졌다 아니가. 아이고, 지금 생각해도 오금이 저리네. 엄마가 이만한 건 죽은 조상이 돌봐주신 기라. 그나저나 영배 엄마 수술이 잘 돼야 될 건데. 어휴!"

엄마는 아버지가 떠난 후 처음으로 깊은 한숨을 내쉬었다.

"아이고, 내가 지금 남 걱정 할 처지가. 내일 당장 일을 나가지 못하게 되었는데! 새끼들하고 뭘 먹고살아야 될지……. 휴우!"

엄마는 다시 방바닥이 꺼져라 한숨을 내쉬었다. 아픈 것보다 우리들 밥 굶길까 더 걱정이었다. 나도 눈앞이 캄캄했다. 무거운 마음으로 설거지를 하는데 문득 숙희가 떠올랐다. 막막한 어둠 속에서 반짝 등불이 켜진 것 같았다. 그릇을 씻는 손놀림이 저절로 빨라졌다.

저녁 설거지를 끝낸 뒤 나는 언니와 둘이 살고 있는 숙희네 셋방을 향해 달려갔다.

　다음 날 저녁, 우리 집으로 깡깡이 아줌마 대여섯 명이 몰려왔다.

　"방금 영배 엄마 병원에 다녀오는 길이다. 동우 엄마는 좀 어떻노?"

　일행 중 가장 나이가 들어 보이는 입술이 두툼한 아주머니가 엄마한테 물었다. 투박한 입술에서 나온 소리치고는 믿기지 않을 만치 살가운 음성이었다.

　"영배 엄마 수술은 잘 됐다 카데예? 몸이 이러니 병원도 몬 가보고 걱정만 하고 앉아 있네요."

　엄마 몸 상태를 묻는 사람한테 엄마는 영배 엄마 안부부터 물었다.

　"다른 데는 그만저만한데 다리뼈가 여러 쪼가리로 뿌사져서 수술하는 데 힘들었던 모양이더라. 그래도 수술은 잘 됐단다."

　투박한 입술이 대답했다.

　"아이고! 큰일 날 뻔했는데 그래도 그만하길 다행이네예. 저야 뭐 시간 지나면 나을 낀데. 개안습니다."

　엄마 말이 채 끝나기도 전에 괄괄하게 생긴 아줌마가 모습처럼 괄괄한 목소리로 말했다.

"일하다가 사람이 둘이나 다쳤는데 사장이 치료비도 안 대 준다는 게 말이 되능교? 이런 거는 조장이 나서서 말해줘야 되는 거 아닙니까! 하루 벌어 하루 먹고사는 형편에 입에 풀칠도 못하게 됐는데! 이거는 영배네 일뿐만이 아닌 기라. 우리도 언제 영배나 동식이네처럼 다칠지 모르는 일 아닌교."

"맞다. 남의 일이 아닌 기라."

"그러게 말이요! 조장한테 우리 같이 가서 함 말해봅시다."

"너무 세게 말하는 거보다 조용히 말하는 게 더 안 낫겠는교. 형님이 말을 잘하니까 나서서 조용히 말해보이소. 우리도 옆에서 거들 테니."

왁자지껄 의논을 주고받던 깡깡이 아지매들은 엄마까지 부추겼다.

"동우 엄마도 같이 가자! 이래 몸을 다쳤는데 당사자가 빠지면 안 되지!"

"아이고, 제가 무슨 힘이 있다고요. 다리도 시원찮고."

엄마는 다리가 불편해 못 걷는다고 뒤로 뺐지만 아줌마들은 엄마를 억지로 일으켜 세워 상순네 할매 집으로 갔다.

"이 사람들아, 내가 무슨 힘이 있다고 내한테 그라노."

사장한테 잘못 보이기라도 하면 자기만 손해라는 듯 상순네 할매는 펄쩍 뛰었다.

"조장님이 나서면 우리도 같이 힘을 보탤께요. 아무리 힘없고 빽 없는 사람이라도 그러면 안 되는 기라요. 자기 회사에서 일하다가 다쳤는데 사장이 병원비도 못 준다니 그게 말이 됩니꺼!"

"맞심더! 보상은 안 해주더라도 병원비는 내주야지요. 수술비랑 치료비가 만만찮게 나올 낀데."

"사장이 병원비 안 대주면 우리들 전부 일 몬한다고 하소. 세상에 그런 경우가 어딨는교!"

괄괄한 목소리가 상순네 할매한테 대놓고 괄괄거렸다.

"조장님요, 조장님도 어려운 시절 겪어봐서 잘 안다 아입니꺼. 힘없는 사람들끼리라도 뭉쳐야 의지가 되지요. 우리가 힘을 보탤 거니까 조장님이 나서서 잘 좀 얘기해주소."

두터운 입술이 사정하듯 사근사근 말했다.

"한 골목에 살면서 같이 쇳가루 마셔가며 일하던 사람인데, 낸들 마음이 편하겠나. 마음이 아파도 내가 더 아프지. 그러면…… 내일 같이 사무실에 들어가서 말이나 함 해보자."

상순네 할매는 마음을 정한 듯 고개를 끄덕였다.

"다행히 수술은 잘 됐다 카네요. 우리도 십시일반 병원비를 보탤라고요."

아줌마들이 목소리를 모아 말했다.

"없는 사람 사정은 없는 사람이 더 잘 알지. 암! 알고 말고!
자네들이 나서기 전에 내가 먼저 말해야 되는 건데……."

상순네 할매가 얼굴을 붉히며 중얼거렸다.

              *

    엄마가 잠에서 깨어나 하품을 하며 입맛을 다셨다.

    "잘 잤어요?"

    엄마는 내 말에 대답도 않고 침대에 누운 채 나를 쳐다봤다. 간밤에 난동을 부린 게 믿기지 않을 만치 유순한 눈빛이었다. 불 꺼진 전구처럼 생기도, 온기도 느껴지지 않는 공허한 눈빛이었다.

    "엄마, 내가 누군지 알겠어요?"

    "누구세요?"

    엄마는 기운 없는 목소리로 중얼거렸다.

    "엄마 큰딸이잖아. 큰딸 정은이."

    "그런 거짓말을. 나는 결혼도 안 했는데 무슨 딸이 있다고."

    엄마는 샐쭉 토라져 나를 외면했다.

    "아이고, 우리 엄마 정신이 또 외출하셨네. 밥이나 먹읍시다."

    나는 엄마가 좋아하는 전복죽을 데워 엄마에게 먹였다. 엄마는 순한 아기처럼 죽을 받아먹었다. 그러다 갑자기 생각난 듯 정색한 채 나를 보고 말했다.

    "가만 보니까 아직 젊은 새댁인데, 사람이 거짓말하면 안 돼요. 맹세컨대 나는 결혼 같은 건 한 적 없어요."

    엄마의 무의식은 자식을 다섯이나 낳고 살아온 삶을 다 지워버리고 싶었을까?

그래서 아예 당신이 결혼조차 하지 않았다고 생각하는 걸까?

그만큼 엄마의 삶은 고달팠던 것일지도 모르지.

거짓말.

엄마가 내게 심어준 거짓말에 대한 경각심.

까마득한 세월이 흘렀지만 그 기억은 빛도 바래지 않는다.

깡깡이

거짓말

엄마가 아시바에서 떨어져 다친 그날.

나는 숙희한테 달려가 신문 배달 일을 부탁했고 다음 날 당장 신문 배달을 시작했다. 졸업하면 공장에 다닐 거라던 숙희는 공장 대신 신문 배달 일을 하고 있었다.

"힘들기는 하지만 돈도 벌고 괜찮다. 니도 함 해봐라. 내가 소장님한테 잘 얘기해줄게."

혼자라면 엄두도 못 낼 일이었지만 숙희와 함께라면 할 수 있을 것 같았다.

비가 억수같이 내리는 날이었다. 새벽 네 시. 통금해제 시간이 지난 뒤 나는 우산을 들고 집을 나섰다. 아직 아무도 다니지 않는 길에는 사람 대신 빗줄기만 가득했다. 낡은 운동화는 금방 비에 젖어 질척거렸고 우산을 썼지만 쏟아지는 비를 감당하긴 역부족이었다.

캄캄한 새벽길이 무섭기도 했지만 군데군데 불 밝히고 하루를 시작하는 가게들이 있어 그럭저럭 다닐 만했다. 보급소에도 벌써 환하게 불빛이 새어나오고 있었다. 내가 보급소에 도착했을 때는 머리에서 발끝까지 쫄딱 젖어 있었다. 물에 빠진 생쥐 꼴이란 바로 나를 두고 한 말이었다. 문을 열고 들어가니 배달원 서너 명이 자기가 배달할 구역의 신문 부수를 헤아리고 있었다. 숙희는 아직 보이지 않았다.

"일찍 나왔구나. 친구는?"

보급소 소장이 늘 같이 다니는 숙희가 안 보인다고 하는 말이었다.

"비가 와서 오늘은 바로 왔는데요."

대답하면서도 나는 슬그머니 걱정이 되었다. 나에게 신문 배달 일을 소개한 건 숙희였지만 숙희는 항상 내가 깨우러 갈 때까지 자고 있었다. 숙희와 언니가 사는 집을 들르려면 한참 돌아가야 했지만 나는 새벽마다 숙희한테 들러 같이 보급소에 갔다.

'설마 아직 자고 있는 건 아니겠지?'

걱정은 밀어두고 비닐에 넣은 신문을 옆구리에 끼고 다른 한 손으로 우산을 받쳐든 채 보급소를 나섰다.

몸은 젖어도 괜찮지만 신문이 젖으며 안 된다. 이제 겨우 배달할 집을 익히고 혼자 하는 배달에 익숙해진 상태다. 내가 배당받은 구역은 영도에서도 가장 가파른 신선동 일대 산복도로 골목길 구역이었다. 우뚝 솟은 봉래산 중턱에 거미줄처럼 얽힌 신선동 골목길은 여기가 거기 같고 거기가 여기 같은 미로였다.

"니는 아직 어린 여잔데 어째 그렇게 힘든 구역을 맡았노?"

보급소에서 한참 고참 언니가 며칠 뒤 내게 그렇게 말했다. 나를 생각해 한 말이었지만 이제 일을 시작한 내가 구역을 바꿔달란 말을 할 수는 없었다. 오르막과 골목이 많은 지역은 보통 남자배달원들한테 맡기는 구역이라고 했지만 나한테 주어진 구역이라 나는 불평할 생각조차 못했다.

"일주일만 같이 다니주는 거니까 정신 똑바로 차리고 외아야 한다."

보급소 고참 남자배달원은 자기가 배달하던 구역을 맡은 내게 으름장부터 놨다.

신문 넣을 집을 익히는 것보다 더 어려운 일은 신문 넣지 말라는 집에 몰래 신문을 밀어 넣는 일이었다. 배달 구역을 인수할 때부터 신문 사절인 집이 많았다. 배달 부수가 줄면 월급도 그만큼 깎였기 때문에 고참 배달원은 시침 뚝 따고 그걸 그대로 내게 물려줬다. 그게 어떤 결과를 가져올지 인수 받을 때는 전혀 몰랐다.

"왈! 왈! 으르릉…… 왈왈!"

비만 아니면 그냥 마당에 던져두고 가면 되는데 처마 밑에라도 놓고 가려니 하는 수 없이 마당을 들어서야 하는 집들이 더러 있었다. 개는 가뜩이나 싫은데 묶여 있긴 했지만 덩치 큰 개들이 으르릉거리면 머리끝이 쭈뼛거렸다.

"도둑놈 아니니까 그만해라. 나도 니가 싫거든. 망할놈의 개새끼!"

나는 게걸음으로 비켜나오며 욕을 퍼부었다. 대문 앞에 우편함이 있는 집은 거저먹기였다.

"이런 집은 얼마나 좋노!"

봄이지만 아직 차가운 기온에 비까지 내려 겨울처럼 추웠지만 무거운 신문 뭉치를 들고 가파른 골목길을 달리다 보면 금방 이마에 땀이 뱄다. 신문 든 옆구리가 가벼워질수록 기분도 가벼워졌다. 마지막 집까지 신문을 넣고 골목길을 내려오면 사람들은 그제야 일어나 하루 일을 시작했다.

"오늘도 딱 맞게 다 돌렸다!"

배달원 몫으로 남은 신문 한 부를 들고 만세라도 부르고 싶

깡깡이

었다. 멀리 영도다리를 중심으로 남항과 북항이 한눈에 다 들어왔다. 어깨를 맞대고 정박해 있는 배와 따개비처럼 붙어 있는 집들까지. 눈에 보이는 모든 것이 비에 푹 젖어 있었다. 봉래산 중턱에 자리 잡은 커다란 미륵불은 산을 넘어온 해무에 싸여 자취를 감추고 있었다.

영도는 봄부터 여름까지는 맑은 날에도 수시로 해무에 휩싸였다. 비라도 내리는 날은 어김없었다. 자욱한 해무에 감싸인 영도는 마치 신선이 사는 섬처럼 신비로운 분위기를 풍겼다. 맑은 날 신선동 꼭대기에서 내려다보는 부산항과 탁 트인 바다 풍경은 힘든 배달 일을 보상해주고도 남을 만치 장쾌하고 아름다웠다. 그런 날은 내려가는 발걸음도 날아갈 듯 가벼웠지만 중학교 교복 입고 가방 든 동창들과 마주치는 건 괴로운 일이었다. 나는 동창들이 보이면 골목길에 숨었다가 가곤 했다. 잘못을 저지른 것도 아닌데 불편한 심정. 가난한 환경을 동창들에게 보여주고 싶지 않았다.

오후에 신문 값 수금하러 가는 길에 숙희네 집에 들렀더니 숙희가 샐쭉거리며 쏘아붙였다.

"가시나, 아침에는 와 안 데리러 왔더노?"

자기가 말해서 신문 배달 할 수 있게 됐다고 유세 부리는 것처럼 들려 내 대답도 퉁명스러워졌다.

"오늘은 비가 많이 와서 바로 갔지."

"맨날 오다가 안 오니까 니 기다린다고 늦었다 아니가."

"기다리다 늦었다고? 안 깨워줘서 늦은 게 아니고?"

"가시나, 말을 꼭 저래 하제. 다 알면서!"

정곡을 찌른 말에 숙희가 눈을 흘기며 물러섰다. 그제야 미안한 마음이 들었다. 나는 피식 웃으며 꼬리를 내렸다.

"미안하다. 보통 때는 아무것도 아닌 일이었는데 비가 억수같이 쏟아지는데 느그 집까지 갈라니까 좀 그렇더라. 인자부터 바로 보급소 갈 거니까 니도 알아서 온나."

"그래. 나도 그러는 게 맘 편하다. 니가 맨날 우리 집 들른다고 둘러가는 게 난들 좋았겠나."

숙희도 그동안 편하지만은 않았던 듯 말했다. 아무리 친구 사이라도 자기 때문에 하지 않아도 되는 수고를 하는 게 불편했구나 싶었다.

"오늘 배달하는 거 보통 때처럼 다 했더나?"

"그라모. 니는 안 그랬더나?"

"나는 비 그치고 난 뒤에 돌렸지."

숙희는 먼저 시작했다고 그런 요령을 알고 있었던 모양이었다.

"나는 비 맞고 다 돌렸다."

어째 나만 바보가 된 것 같은 기분이었다. 다음에 또 그렇게 비가 내리는 날에는 나도 그래야지 하다 이내 고개를 저었다. 누가 본다고 제대로 하고, 보지 않는다고 잔꾀 부리는 건 다시는 하지 않아야지 다짐했었다.

남은 신문 세 부를 들고 난처했던 기억.

처음 신문을 제대로 넣지 않은 일은 생각할 때마다 찜찜했다.

신문을 다 돌리고 나면 딱 한 부가 남아야 했다. 남은 한 부는 신문구독을 원하는 집이 생기면 홍보용으로 주거나 그런 일이 없으면 배달원 몫으로 가져갈 수 있는 신문이었다. 그러니 신문은 딱 한 부가 남아야 그날 넣을 집에 맞게 넣은 거였다.

인수인계가 끝나고 혼자서 처음 신문을 돌렸을 때였다. 분명 마지막 집까지 다 돌렸는데 신문 세 부가 더 남았다. 두 집을 빠트렸다는 거였다. 아무리 생각해도 어느 집을 빠트렸는지 떠오르지 않았다. 처음 시작하는 집에서부터 골목과 모퉁이 계단 등. 구역 전체를 순차적으로 이어가며 외운 터라 역순으로 짚어가며 집을 찾는 건 불가능에 가까운 일이었다. 남은 신문 두 부를 제대로 넣으려면 백 군데 가까운 집을 처음부터 하나하나 확인하며 다시 돌아야 했다. 그건 힘든 걸 넘어 가혹한 일이었다.

'내일 제대로 넣으면 되겠지.'

화장실에서 볼일 보고 뒤를 닦지 않은 것처럼 찜찜했지만 나는 눈 딱 감아버렸다. 일주일 가까이 신문이 세 부씩 남았다. 환장할 노릇이었다. 아무리 신경 써 돌려도 두 집이 기억나지 않았다. 보급소 소장이 나를 불러 호통을 쳤다.

"신문 안 들어온다고 두 집에서 전화가 왔는데 니가 제대로 넣은 거 맞나?"

"또, 똑바로 넣었는데요……."

나도 모르게 거짓말이 나왔다. 소장은 똑바로 안 하면 월급 못 받을 줄 알라고 으름장을 놓았다. 정신이 번쩍 들었다. 나는 바짝 긴장해 신문을 돌렸다. 희한하게 그날 바로 빠트린 집이 생각났다.

"맞다! 담뱃집 골목 나와서 모퉁이 돌아 오른쪽 축대 위에 두 집!"

그 집을 넣은 뒤 길 건너편 철물점으로 이어지는 건데 경사진 모퉁이를 그만 빠트리고 길을 건너버린 것이었다.

빠트린 집을 찾아냈지만 용서를 비는 대신 그냥 넘어가버렸다. 아직 자고 있을 구독자를 깨워 용서를 구하는 것도 그렇고 무엇보다 내가 잘못한 걸 인정하고 빈다는 게 생각처럼 쉽지 않았다. 마음 한구석이 께름칙했지만 더 열심히 배달하는 걸로 실수를 만회하면 될 거라 생각했다.

그 찜찜함은 바로 현실로 드러났다.

월말이 되어 수금을 하러 갔는데 신문 사절한 집들이 신문 값을 주지 않았다.

"넣지 마라 켔는데 꾸역꾸역 넣어놓고 무슨 신문 값 달라 카노! 봐라. 내가 돈 안 준다 켔다 아니가!"

〈신문 사절! 신문 값 못 줌!〉 대문에 붙인 종이를 가리키며 나를 내쫓는 사람도 있었다.

"왈! 왈! 으르르……."

흰 이빨을 드러내며 짖던 개가 순식간에 내 바지를 물고 늘어지기도 했다. 살갗을 물린 건 아니었지만 얼마나 놀랐는지! 무섭고 수치스러워 두 번 다시 그 집엔 들어가기 싫었다. 거기다 구독료를 제때 주지 않고 미루는 집들도 많았다.

"아이고, 어짜노. 지금 돈이 없으니 다음 달에 몰아서 줄게."

사정하는데 더 할 말이 없었다.

일주일가량 신문을 빠트린 두 집은 아예 갈 수조차 없었다. 신문 배달보다 신문 값 받는 게 열 배, 스무 배 더 힘들었다. 수금해온 돈이 형편없는 걸 보고 소장은 모든 책임을 내게 떠넘겼다.

"수금을 제대로 해오길 하나, 멀쩡한 독자들이 신문 그만 보겠다고 하지를 않나. 도대체 배달을 어찌했기에 이 모양이고? 그 전에는 아무 문제도 없던 집들이 니가 배달을 하고부터는 신문을 다 끊었다 아니가. 니가 제때 신문을 넣지 않아 그런 거니 니가 책임져야지!"

"인수 받을 때부터 신문 넣지 마라는 집들이 많았는데요."

기어들어가는 목소리로 대답했지만 씨알도 먹히지 않았다.

"수금을 해와야 월급을 주지. 니가 수금해서 넣어야 될 돈이니 월급보다 더 많다."

소장은 아예 월급을 주지 않을 작정이었다.

잔뜩 풀 죽어 집에 온 나한테서 자초지종을 들은 엄마가 눈꼬리를 치켜뜨며 물었다.

"머시라꼬? 월급을 안 준다꼬?"

나는 처음 일주일 정도 신문 두 부를 제대로 넣지 못한 건 쏙 빼고 소장이 한 말만 그대로 엄마한테 말했다.

"가자! 그놈의 소장인가 막장인가 내 가만두지 않을 거다."

엄마가 나를 앞세우고 나서며 물어뜯듯 내뱉었다. 엄마의 그런 모습은 처음이었다. 엄마는 보급소 문을 열고 들어서 소장을 보자마자 따지고 들었다.

"새벽부터 일어나 하루도 안 빠지고 신문을 돌린 아한테 와 월급 안 주는교? 아직 어린아라고 그러면 안 되지예."

눈이 휘둥그레진 소장이 나와 엄마를 보더니 상황을 파악한 듯 코웃음 치며 말했다.

깡깡이

"당신 딸이 신문 돌리고부터 신문이 제때 안 들어왔다고 끊은 집이 얼마나 많은데. 오히려 우리가 손해배상을 해야 될 형편인데 어디서 큰소리치고 난리야 난리가!"

엄마 목소리가 한 옥타브 높아졌다.

"우리 딸이 인수받을 때부터 신문 넣지 말라는 집이 많았다더만요!"

소장 목소리도 따라 높아졌다. 얼굴색도 붉으락푸르락 카멜레온처럼 바뀌었다.

"이 아지매가 무슨 헛소리 하고 있노? 그 전에 신문 넣던 직원은 그런 일 없이 신문 값 따박따박 잘만 받아왔는데!"

"먼저 배달하던 고참이 우리 아가 아무것도 모른다고 그걸 그대로 인수시키주놓고 인자 와서 월급 안 준다꼬예? 세상에 그런 경우가 어딨는교? 다 큰 어른도 아니고 어린아한테 일 시키놓고! 어디 안 주고 베기나 보입시다."

엄마는 아예 보급소 바닥에 드러누워 버렸다. 아직 깁스도 풀지 않은 팔을 한 채 바닥에 드러누운 엄마! 나는 숨이 컥 막혔다.

"어, 엄마! 엄마. 그 그만 가자."

온몸으로 싸우고 있는 엄마한테 사실을 숨기려니 가슴이 연탄불에 얹힌 찌개냄비처럼 빠작빠작 타들어갔다. 얼른 그 자리를 피하고만 싶었다. 하지만 엄마는 요지부동! 바위처럼 꿈쩍도 안 했다.

"가기는 어딜 간다 말이고? 실컷 부리묵고 월급도 안 주는 이런 데는 본때를 보이주야 되는 기라! 월급 줄 때까지 여기서 꿈짝도 안 할 거다."

소장은 기가 막히는 듯 말했다.

"허 참! 이 아줌마가. 여기가 어디라고. 경찰을 부르던가 해야겠네."

엄마가 벌떡 일어나 앉더니 성한 왼손으로 삿대질을 하며 소리쳤다.

"경찰? 경찰 부르소! 누가 옳은지 함 물어봅시다! 그라고 아저씨는 말이 와 그리 짧은교? 나이도 얼마 안 돼 보이구마는 아무나 보고 반말이요?"

한 치도 밀리지 않는 엄마 기세에 소장이 안 되겠다 싶었던 모양이었다.

"하! 이 아줌마 진짜 못 말리겠네."

소장은 마지못해 책상 위에 돈을 던지며 말했다.

"수금 다 못해 와서 온 월급은 못 주요. 이거라도 고마운 줄 아소!"

엄마가 벌떡 일어나는가 싶더니 매가 먹이를 낚아채듯 돈을 집어 들고 말했다.

"사람이 없이 산다고 그러는 거 아닙니다. 하늘이 다 보고 있는 기라요!"

집으로 돌아오는 길에 엄마가 분한 목소리로 말했다.

"당장 치아라. 어린아가 새벽부터 그 고생을 했는데 그 돈을 다 안 줄라고……! 하늘이 안 무서븐가?"

내 손을 잡고 있는 엄마 손이 벌벌 떨리는 걸 느꼈다. 내 가슴도 터질 것처럼 뛰었다. 한 번도 본 적 없는 엄마의 낯선 모습. 엄마한테 말하지 않은 사실까지! 엄마 얼굴을 바로 쳐다볼 수가 없었다. 나는 슬그머니 엄마 손을 놓았다.

'처음 며칠 세 부씩 남았던 신문!'

빠트린 두 집이 이런 결과를 가져올 줄 꿈에도 생각 못했다. 머리를 쥐어뜯고 싶었다.

'늦더라도 그때 다시 돌았어야 했구나.'

불과 두 집뿐이었고 채 일주일도 안 된 기간이지만 안 넣은 건 분명한 사실이었다. 내 잘못으로 끊어진 두 집 구독료가 한 달 일한 월급을 못 받을 만큼은 아니었지만 명백한 과실이 있으니 끝까지 떳떳하게 목소리를 낼 수 없었다.

'아무리 힘들어도 그때 다시 돌아야 했는데! 바보처럼 그냥 넘어갈 거라 생각하다니.'

거짓말   113

뒤늦은 후회였고 아픈 자책이었다.

"어, 엄마. 사실은요…… 처음에 배달할 때 두 집…… 한 며칠 빠트렸는데……. 그래도 다음부터는 진짜 제대로 넣었어요. 다음부터 더 잘 넣으면 괜찮을 거라 생각하고……."

목소리가 떨렸다. 엄마가 걸음을 멈추고 내 눈을 들여다봤다. 나는 엄마 눈을 마주 볼 수가 없었다.

"사람이 실수도 할 수 있지만 그런 거는 말할 시기를 놓치면 점점 더 말하기 어려워지는 기라. 당장은 별일 없지 싶지만 세상에 그냥 넘어가는 일은 없는 법이다. 실컷 고생하고 반월급도 못 받았으니 값비싼 공부 했네. 상대방 눈을 마주 보지 못할 일은 하면 안 되는 기라. 아무리 실수를 했다 치더라도 소장은 진짜 나쁜 놈이다. 힘없는 어린애들 등쳐먹는 나쁜 놈!"

엄마는 그 말만 하고 다시 걸음을 옮겼다. 나는 고개를 들 수 없었다.

숙희 따라 나선 신문 배달을 나는 그렇게 그만뒀다. 엄마는 깁스를 풀기 바쁘게 다시 깡깡이 일을 시작했다. 자신의 힘으로 어떻게든 자식들을 먹이고 키워야 하는 절박한 삶은 차츰 엄마를 강하고 억센 사람으로 만들어갔다.

깡깡이

숙희

"보급소장 진짜 나쁜 놈이더라. 우리처럼 처음 온 아이들 월급 안 주고 떼먹는 게 한두 번이 아니라더라. 상식범! 상식범이라더라."

"상습범 아니고?"

"아! 맞다. 상습범이제. 히히힛."

숙희는 어디서 들은 상습범이란 말을 잘못 쓰고도 히힛거리며 웃었다. 숙희도 그 보급소를 몇 달 다니지 않고 다른 곳으로 옮긴 모양이었다.

"내 다른 신문보급소에 다니기로 했다."

"거기는 배달원들 월급 잘 준다더나?"

"몰라. 다녀 봐야 알지 뭐."

숙희는 시큰둥하게 말했다. 숙희는 벌써 어른 티가 났다. 아버지 사업이 망하기 전까지 부유한 환경에서 자라 그런지 숙희는 매사 별 걱정이 없었다. 아버지와 이혼한 엄마는 어쩌다 한 번씩 다녀가는 모양이었다. 숙희 언니는 언제나 입을 앙다물고 있었다. 나는 숙희 언니가 웃는 모습을 한 번도 보지 못했다.

내가 신문 배달 일을 그만두고 한참 지난 어느 날 숙희 언니가 나를 찾아왔다.

"정은아, 우리 숙희 안 왔더나?"

"예? 안 왔는데요. 와요?"

"그 가시나가 어젯밤 집에 안 들어왔다 아니가! 내가 밤새 한숨도 못 자고 아침에 보급소에 갔더마는 그 가시나가 보급소에 있는 기라."

얼마나 애를 태웠는지 언니 입가에는 침버캐가 허옇게 끼어 있었다.

"그래서요?"

언니는 한숨을 내쉬더니 마른 혀로 바짝 탄 입술을 축이고 다시 말을 이었다.

"가시나가 보급소에서 잤다 안 카나. 보급소에서 먹고 자면서 신문 배달하는 머시마가 있는데 그놈이 숙희를 못 가게 문

깡깡이

을 잠가삤단다! 그래서 몬 왔단다. 내가 기가 차서 말이 안 나오
더라! 아, 머시마 가시나가 한방에 있었으면 무슨 일이 있었겠
노! 내가 눈이 디비져가지고 숙희 가시나 머리채를 끄잡아 흔
들었더마는 그기 팅기나가삤뻔 거라. 어디로 갔는지 모르겠다. 내
가 속이 타서 오늘 일도 못 나가고 이래 찾아다닌다 아니가."

이야기를 듣는 동안 내 두 손이 저절로 가슴을 누르고 있었
다. 누가 심장을 북인 줄 알고 두드리는 것 같았다.

"혹시라도 숙희 보거나 하면 집에 꼭 들어오라 캐라."

"예. 아, 알았어요."

숙희 언니가 가자마자 세수를 했다. 세수를 하고 찬물을 마
셔도 뛰는 가슴은 가라앉지 않았다. 어디로 갔을까? 무얼 하고
있는지? 밥은 먹고 있는지? 궁금한 게 한두 가지가 아니었지만
사라져버린 숙희를 찾을 방법은 없었다. 나는 숙희 소식을 한
동안 듣지 못했다.

'숙희도 오아시스를 찾아 사막으로 갔을까?'

낙타를 타고 사막을 건너는 내 친구 숙희!

숙희가 메마르고 뜨거운 사막에서 오래 헤매지 않기를.

시원한 오아시스를 꼭 만나기를 마음으로 빌었다.

흔적도 보이지 않던 숙희는 가을바람이 스산한 어느 날 불쑥 나를 찾아왔다. 못 본 새 숙희는 몰라보게 변해 있었다. 짧게 자른 곱슬머리는 퍼머를 한 것처럼 보였고 옷도 어른처럼 입고 있었지만 귓가에 보송한 솜털은 그대로였다. 숙희는 햇살을 찾아 웃자란 풀처럼 가늘고 창백했다.

"숙희야, 니 괜찮나? 느그 언니가 얼마나 찾았는데."

나는 숙희 손을 잡으며 물었다. 너무 반가워 와락 끌어안으려는 나를 숙희는 슬쩍 피했다.

"개안타. 다 지난 일인데 뭐!"

숙희는 건조한 목소리로 시큰둥하게 말했다. 숙희는 그동안 어디서 무얼 하며 지냈는지 한마디도 하지 않았다. 나도 차마 물어볼 수 없었다. 꼭 말로 드러내지 않아도 어떨 때는 침묵이 더 많은 말을 할 때가 있다는 걸 그날 나는 알았다. 낙엽처럼 바싹 마른 몸으로, 흔들리는 눈빛으로, 똑같은 동작을 끊임없이 반복하는 마르고 긴 손가락으로 숙희는 더 많은 이야기를 하고 있었다.

"내, 우리 언니하고 행복기도원에 들어가기로 했다."

"행복기도원? 거기가 뭐하는 덴데?"

'기도'라는 이름에서 느껴지는 게 무슨 종교 단체인 것 같았다.

"거기는 사람들이 모여서 같이 사는 덴데 그 안에서 묵고 자

깡깡이

면서 일도 하고 돈도 벌 수 있다더라. 벌써 가봤는데 학교도 있고, 숙소에는 목욕탕도 있고 억수로 좋더라. 그런데 목욕탕에서 수건이나 빤스 같은 거 빨다가 들키면 큰일 난단다. 낮에는 공장에서 일하고 밤에 학교도 다닐 수 있다더라."

아무나 갈 수 없는 곳인데 자기와 언니는 아는 사람이 잘 얘기해줘 특별히 들어가게 되었다며 숙희는 자랑스럽게 말했다.

"거기 들어가면 밖에는 못 나오나?"

"아니다. 한 번씩 외출도 할 수 있다더라. 외출 나오면 니 만나러 올게."

나는 그 말이 그냥 하는 말이란 게 느껴졌다. 숙희는 어디다 마음을 빼놓고 온 것 같았다.

"그래. 꼭 내 만나러 온나. 진짜로 내 만나러 와야 된다."

나는 다시 숙희 손을 잡으며 말했다. 숙희가 다시는 나를 만나러 오지 않을 거란 느낌 때문에 더 간절히 말했던 것 같다.

숙희는 그렇게 떠났다.

그리고 그 뒤로 한 번도 나를 만나러 오지 않았고 소식도 들을 수 없었다.

'숙희는 진짜 오아시스를 찾았을까?'

숙희를 떠올릴 때마다 그 물음도 같이 떠올랐다.

나는 숙희가 꼭 그 오아시스를 찾기를.

그곳에서 지친 몸을 쉴 수 있기를 간절히 바랐다.

깡깡이

엄마가 식사를 끝내자 소화도 시킬 겸 운동 삼아 건물 옥상으로 올라갔다. 작은 정원을 꾸며놓은 병원 옥상은 멀리 바다가 보여 전망도 꽤 훌륭했다.

엄마는 모처럼 나온 바깥이 좋은지 눈을 가늘게 뜨고 숨을 들이쉬었다.

"엄마, 바깥 공기가 상쾌하죠?"

"좋아요."

엄마는 그 말만 하고 골똘히 생각에 잠긴 얼굴이 되었다. 나는 엄마의 말문을 열기 위해 옛날이야기를 꺼냈다.

"엄마, 저기 바다 보여요?"

엄마는 고개만 끄덕였다.

"방파제에서, 옛날에 동식이 사고 친 거 생각나요? 걔는 정말 엉뚱한 사고뭉치였지요."

"우리 집 아이들은 다 착했어. 너무 착하고 아까운 아이들이었어."

엄마는 다시 기억이 돌아온 것처럼 말했다.

"아깝다니요? 뭐가 아까웠어요?"

"버리고 가기엔 너무 아까웠지. 사는 게 너무 힘들어……, 죄받을 생각……, 그런 생각 안 한 것도 아니었지. 하지만 눈 까만 느그들 보면 그런 맘은 금세 사라지고 어째도 내가 이 새끼들 데리고 살아야지 하고 이를 앙다물었지."

가슴이 먹먹했다.

'그랬구나! 엄마도 생각은 했구나.'

충분히 이해되는 일이었다. 엄마이긴 하지만 한 인간으로 그 힘든 책임 앞에 도망치고 싶은 생각조차 안 할 수야 없었겠지. 그래도 엄마는 끝까지 우릴 책임지고 키워냈다. 한 인간이 살면서 겪을 수많은 갈등과 고민을 생각하니 다시 가슴이 아려왔다. 나는 기분을 바꾸려고 일부러 밝은 목소리로 물었다.

"태풍 불던 날. 동식이랑 영배, 이송도 방파제에 들어가서 죽을 뻔했잖아요. 기억나요?"

엄마는 다시 고개를 끄덕이며 말했다.

"그럼. 기억나고말고. 그해 여름은 참 일도 많았지만 우리 아이들은 다 착했지."

엄마는 앞뒤가 뒤섞인 말을 밑도 끝도 없이 했다. 그러거나 말거나 나는 엄마가 기억이 돌아온 것만도 감사했다. 엄마와 나는 함께 멀리 바다를 바라보며 옛날의 어느 한순간으로 돌아갔다.

깡깡이

태풍 불던 날

여름방학이 시작되고 동식이는 집에 붙어 있는 날이 없었다. 밥상머리에서 숟가락 놓기 바쁘게 사라졌다 밥 먹을 때가 되어야 나타났다. 골목은 아이들 몰려다니는 소리로 소란스러웠고 어른들한테 야단을 들으면서도 다음 날이면 또 시끌벅적했다.

　그날은 태풍이 불어 엄마가 일을 나가지 않은 날이었다. 퍼붓던 비는 간간이 흩뿌리는 가랑비 정도로 그쳤지만 휘몰아치는 바람은 아직 태풍의 위력을 드러내고 있었다. 날씨는 궂어도 모처럼 낮에 엄마가 있어 집 안이 그득했다. 거기다 엄마가 찐빵을 쪄준대서 정애와 정희는 신바람이 나 있었다. 동식이도 엄마가 밀가루 반죽 하는 걸 봤을 텐데 어딜 갔는지 코빼기도 보이지 않았다. 반죽이 부푸는 그 시간을 못 참고 핫바지 방구

새듯 또 나간 것이었다.

"정은아, 상 피아라. 이노무 자식은 어디를 그리 빨빨거리고 다니는지 모르겠다."

엄마가 김이 모락모락 나는 찐빵을 한 소쿠리 들고 들어오며 동식이를 찾았다.

"후! 후……. 아까 성하 오빠야가 와서 부르던데."

손에 든 찐빵을 입김으로 식히며 정애가 대답했다.

"성하가? 언제 왔다 갔는데? 나는 와 못 봤노?"

내 말에 정애가 키득거리며 대답했다.

"성하 오빠야, 문 뒤에 숨어서 손가락으로 까딱까딱 이렇게 오빠야를 부르더라. 내가 다 봤다."

정애는 성하가 문 옆에 숨어 손가락만 내밀어 까딱거리던 동작을 그대로 흉내 냈다.

"문디 자식들, 또 어디 가서 호작질하고 있겠구나. 우리끼리 먼저 묵자."

모처럼 별식을 만들었는데 동식이 자리가 비자 엄마는 김이 빠진 듯 말했다. 남은 가족들이 밥상에 둘러앉아 막 찐빵을 입에 넣으려는데 숨이 턱에 찬 목소리가 가로막았다.

"아줌마, 아줌마! 동식이 크, 큰일 났어요!"

이번에도 성하였다. 성하가 구르듯 달려오며 골목 입구에서

깡깡이

부터 지르는 소리에 골목 사람들이 다 나왔다.

"방파제에, 동식이랑 영배가! 파도가……!"

성하는 하얗게 질린 데다 숨까지 차 말도 잇지 못했다. 엄마가 직감적으로 상황을 파악하고는 되물었다.

"동식이가 방파제에 갔다고? 이 태풍에?"

태풍 불 때 바다가 얼마나 사나운지 바닷가 사람이라면 보지 않아도 훤했다. 그다지 크지 않은 방파제라 조금만 바람이 불어도 파도가 방파제를 넘었다.

"동식이하고 영배하고…….'"

가쁜 숨을 몰아쉬면서도 성하는 죄인처럼 몸을 옹송거리며 말끝을 흐렸다. 좁은 골목에 다닥다닥 붙은 집이라 누가 조금만 큰 소리로 말해도 다 들렸다.

"우리 영배도 같이 있다고?"

그렇잖아도 눈이 불거진 성만이네 아줌마 눈은 금방이라도 튀어나올 것 같았다.

"어서 가봅시다."

엄마와 성만이네 아줌마가 골목을 나서는데 순복이네 아버지가 심상찮은 분위기를 보고 끼어들었다. 순복이네 아버지는 외출했다 막 골목으로 들어오던 참이었다.

"무슨 일입니까? 다들 어딜 가신다고?"

"동식이하고 영배가 지금 방파제에 들어갔다가 못 나오고 있답니다."

순복이네 아버지도 금방 사태를 파악했다.

"태풍 때문에 파도가 높을 건데. 내가 먼저 가볼 테니 동식이 엄마는 경찰에 연락부터 하이소."

상순네 할매집 전화로 경찰서에 연락을 한 엄마가 뒤따라가 며 소리를 질렀다.

"벌써 경찰이 출동했답니다. 그 동네 사람이 신고를 했다네요."

방파제에 도착한 어른들은 아이들이 얼마나 무서운 짓을 했 는지 입이 떡 벌어졌다. 집채만 한 파도가 콰르릉거리며 방파 제를 덮치는데 방파제 가운데쯤 파도가 치는 반대편 방파제벽 바로 아래 동식이와 영배가 따개비처럼 붙어 있었다. 방파제 높이가 있으니 밀려오는 파도가 방파제를 타 넘어갈 때 바로 아래쪽에 약간의 공간이 생겼고 동식이와 영배는 바로 그곳에 붙어 오도 가도 못하고 있는 것이었다.

"아이고, 도, 동식아!"

엄마가 선 자리에서 그대로 털썩 주저앉았다. 영배 엄마도 마찬가지였다. 새파랗게 질린 얼굴로 "아이고! 아이고!" 소리만 연신 내질렀다.

"밧줄! 밧줄 좀 가져와요!"

깡깡이

경찰이 소리치자 누군가가 밧줄을 들고 달려왔다.

"단디 잡고 있으소! 놓치면 다 죽는 거요!"

경찰 한 명과 순복이 아버지가 몸에 밧줄을 묶은 뒤 심호흡을 하고는 영배와 동식이한테로 달려갔다. 파도가 방파제를 덮칠 때는 몸을 숙여 방파제 아래 붙어 있다가 파도가 밀려가고 나면 다시 달려갔다.

"아이고, 파도가 또 온다! 온다!"

"이번에는 좀 작은 거다. 개안켔다!"

지켜보는 사람들도 손에 땀을 쥐며 용을 썼다.

"아!"

파도가 방파제를 덮칠 때는 누구랄 것도 없이 동시에 비명을 질렀다. 하얀 물보라가 사라지고 사람들이 기적처럼 방파제 벽에 붙어 있는 걸 확인하고는 안도의 한숨과 감탄을 터트렸다.

"아이고!"

"있다! 있다!"

지켜보는 사람들이 모두 한마음으로 용을 쓰며 발을 구르는 사이 경찰과 순복이 아버지는 동식이와 영배를 들쳐 업고 달려나왔다.

"조금만 더! 조금만!"

하지만 성난 바다는 그리 쉽게 보내주지 않았다.

"아고고고! 이번엔 큰 파도다! 어짜노!"

마지막까지 다 나와서는 정말 큰 파도가 두 사람, 아니 네 사람을 덮쳤다. 흰 물보라에 휩싸인 잠깐 동안 세상이 정지된 것처럼 정적이 흘렀다. 지켜보던 사람들도 모두 숨을 멈추고 손에 땀을 쥐었다. 하지만 바닷가에서 잔뼈가 굵은 어른들이었다. 물벼락을 맞고 비틀거리고 주저앉긴 했지만 등에 업은 아이를 놓치지는 않았다.

"아이고, 내 새끼!"

엄마와 영배 엄마는 혼이 빠져나간 것 같은 아들들을 끌어안고 벌벌 떨며 울었다. 경찰은 물론이고 몰려든 어른들 중 누구도 동식이와 영배를 나무라지 않았다.

"무사히 구해 다행입니다. 어서 집에 데려가이소."

경찰들도 그 말만 하고 돌아갔다. 엄마들은 머리가 땅에 닿게 절을 했다.

엄마는 동식이를 데려와 씻기고 옷을 갈아입혔다. 그리고 부드럽고 말랑한 찐빵을 한 접시 담아내왔다.

"배고플 낀데 꼭꼭 씹어서 무라. 여기 물도 마시고."

동식이는 엄마 눈치를 살피다 맘이 놓이는지 얌전히 찐빵을 먹었다. 평소 같았으면 어림없는 일이었다. 양 볼이 미어지게 욱여넣고 씹지도 않고 삼킬 터였다.

깡깡이

"놀라긴 놀랐는 갑다. 절마가 찐빵을 저리 얌전히 묵다니!
어휴 진짜 말썽꾸러기제. 거길 와 들어갔노 말이다!"

나는 동식이를 흘겨보며 중얼거렸다. 엄마는 동식이가 찐빵
을 다 먹고 나자 한숨 자라며 재웠다. 동식이는 순순히 엄마가
시키는 대로 했다.

해 저물 때쯤 바람이 잦아들었다. 비도 그치고 맑게 갠 하늘
이 드러났다. 태풍에 씻긴 대기는 청량했고 언제 폭풍우가 몰
아쳤냐 싶게 평온한 저녁이었다. 잠에서 깬 동식이가 다시 화
색이 돌아온 걸 보고 내가 물었다.

"니, 거기는 와 들어갔더노?"

"성하가 내기하자고 해서."

"내기? 무슨 내기?"

"방파제 끝까지 갔다 온 사람한테 뽀빠이 한 봉지 사주기."

"그래서 니하고 영배는 먼저 들어가고 성하는 무서우니까
안 들어가고 꽁무니를 뺀 거구나. 쥐새끼 같은 놈!"

내 입에서 저절로 욕이 튀어나왔다. 동식이가 불퉁한 얼굴로
나를 흘겨봤다. 친구 욕한다고 듣기 싫은 거였다.

"그 자식은 늘 안 그렇나! 먼저 충동질해놓고 지는 슬그머니
뒤로 빠지고. 즈그 형은 안 그런데 쪼맨한 게 약아빠지갖고. 니
나 영배는 바보 멍충인 기라. 뽀빠이 한 봉지에 죽을 둥 살 둥

그런 짓을 하나!"

"파도가 칠 때는 방파제 반대편에 바짝 붙어 있다가 파도가 안 칠 때 뛰어가면 되겠다 싶더라고. 그런데 아휴……!"

동식이는 생각만 해도 무서운지 부르르 몸을 떨었다. 곁에서 오빠가 하는 이야기를 듣고 있던 정애와 정희가 긴장해서 침을 꼴깍 삼켰다.

"파도가 밀려갔다가 다시 칠라고 솟구치는데 그 밑에……, 우와! 우리 집 밥상만 한 바위들이 드글드글 굴러다니는데……. 그걸 보니까 고마 발이 안 떨어지더라. 아이고! 인자 죽었다 싶더라고. 진짜 죽는 줄 알았다 아이가."

"지랄한다. 그걸 그제야 알겠더나. 진짜 간도 크제. 그 파도 속에 어떻게 방파제 들어갈 생각을 다 하노!"

생각할수록 화가 났다. 나는 눈이 찢어져라 동식이를 흘겨봤다. 맘 같아서는 등짝이라도 한 대 후려패주고 싶었지만 꾹꾹 참았다. 동식이는 내가 그러거나 말거나 웃으며 말했다.

"인자 두 번 다시는 그런 짓 안 할 거다. 진짜 죽는 줄 알았다니까. 흐흐훗."

엄마는 끝까지 동식이를 나무라지도 왜 거길 들어갔는지 묻지도 않았다. 엄마는 알고 있었다. 혼이 나갔던 아이한테는 그 일을 가지고 야단치면 안 된다는걸.

깡깡이

여름, 1974년

골목에는 공동으로 쓰는 상수도가 하나뿐이었다. 물이 나오는 시간도 정해져 있어 오후 세 시에 물이 나왔다. 수도는 성만이네 집 앞에 있었다. 수돗가에는 아침이면 골목 안 사람들이 나와서 세수도 하고 깡깡이 일을 나가지 않는 날에는 엄마들이 빨래도 했다.

수돗물이 나오는 시간이 되면 집집마다 호수를 연결해 물을 받았다. 부엌에서 쓰는 물은 커다란 항아리와 집 안에 있는 드럼통에 받았고 세수를 하거나 빨래를 하는 물은 골목 담벼락에 늘어놓은 드럼통 세 개에 받았다. 물 받는 차례도 있었다. 제일 먼저 상순 할매네가 받고 나면 성만이네가 받고 그다음은 우리, 제일 마지막이 순복이네 차례였다. 먼저 받는 순서는 돌아가며 바뀌었는데 성만이네가 제일 먼저 받으면 상순 할매네가 제일 나중에 받는 식이었다. 문철이네는 집 안에 자기들만 쓰는 상수도가 있어 물을 받는 순서를 기다릴 일도 없었고 골목에 나와 세수를 하거나 빨래를 하는 일도 없었다.

그날은 우리 차례에 물을 다 받고 마지막으로 순복이네까지 물을 받았는데도 수돗물이 끊어지지 않고 계속 나왔다. 가끔은 수돗물이 일찍 가버려 마지막에 받는 집은 물을 다 채우지 못하는 경우도 있었지만 한 번씩 시간을 넘겨가며 물이 나오는 날도 있었다.

"정은아, 수돗물 아직도 나온다."

골목 안 친구인 순복이가 호수를 걷는데 수도꼭지를 꽉 잠그지 않았는지 곁에 있는 나한테 분수처럼 물이 튀었다.

"어쭈! 한판 붙자 이거제?"

여름이라 덥기도 했지만 장난기가 발동한 나는 젖은 셔츠를 벗어던지고 드럼통에 가득 받아둔 물을 바가지로 퍼서 순복이한테 뿌렸다. 순복이가 깔깔거리며 다시 물이 나오는 호수를 나한테 들이대고 쐈다.

"아아아, 야아!"

"어떠냐 니도 맛 좀 봐라! 시원하제?"

둘이서 까불며 웃는 소리와 튀는 물소리에 문철이가 뛰어나왔다.

"나도 나도."

문철이까지 합세해 골목은 순식간에 물바다가 되었다. 순복이와 문철이가 중학생이 된 뒤로 셋이 함께 어울려 놀 일이 없었는데 모처럼 셋이 어우러졌다. 서로 호수를 잡고 쏘기도 하고 드럼통의 물을 바가지로 퍼서 뿌리고 도망 다니며 깔깔거리는 소동이 벌어졌다.

한참 신나게 물장난을 하고 있는데 성만이가 나타났다. 아마 낮잠 자다 시끄러운 소리에 깨서 나온 것 같았다.

"좁은 골목에서 뭐하는 짓이고?"

선잠 깬 얼굴을 찌푸리며 짜증을 내던 성만이의 눈길이 나한테서 멈췄다.

나도 모르게 움찔했다.

"니는 다 큰 가시나 꼬라지가 그게 뭐고? 부끄러운 줄도 모르고. 쯧쯧쯧……."

그 말에 얇은 런닝과 반바지를 입은 내 모습을 살펴봤다.

머리와 몸에서는 물이 뚝뚝 떨어지고 있었다. 속살이 환히 비치는 런닝은 몸에 찰싹 붙어 이제 막 멍울이 생기기 시작한 자두만 한 가슴이 봉긋하니 그대로 드러나 있었다. 거기다 얇은 나이롱 반바지도 물에 젖어 허리와 엉덩이의 곡선이 그대로 드러나 있었다.

얼굴이 모닥불을 끼얹은 것처럼 화끈거렸다. 조금 전까지 재
밌던 놀이가 순식간에 부끄러움으로 범벅이 된 채 골목 바닥에
패대기쳐져 있었다. 그럴 수만 있다면 땅속으로 쑥 꺼져버리고
싶었다. 나와 똑같은 모습이던 순복이도 얼굴이 빨개진 채 자
기 집으로 들어가고 문철이도 겸연쩍은 표정으로 슬그머니 집
으로 들어가버렸다. 쫓기듯 집으로 들어온 나는 이를 악물었다.

'공부도 안 하고 맨날 기타나 치고 빈둥거리는 주제에! 지가
무슨 어른이라도 되는 것처럼 혀까지 끌끌대고 지랄이고! 진짜
별꼴 아니가. 지가 뭔데 내보고 이래라저래라 잔소린데? 앞으
로 아는 체하나 봐라. 죽을 때까지 눈도 마주치지 않을 거다.'

속으로 욕을 퍼부어도 분이 풀리지 않았다.

나랑 정애, 정희는 동식이나 동우와는 여자와 남자로 서로
다르다는 건 알았다. 하지만 멍울이 생기기 시작한 내 몸이 부
끄러울 수도 있다는 깨달음은 충격이었다. 처음으로 느낀 수치
심이었다.

"나쁜 놈, 지나 잘하라 카지! 지 앞가림도 못하는 게!"

"개새끼, 시발놈! 개똥 밟고 미끄러져 소똥에 코나 박아라!"

생각나는 욕이란 욕은 다 했다. 상순네 할머니나 영배 엄마
한테 그런 소릴 들었으면 이토록 마음이 아프진 않을 것 같았

다. 나도 모르는 사이 내 안에서 이제 막 싹을 틔우기 시작한 그 무엇! 뭔지도 모르는 그 무엇이 무참하게 꺾여버린 것 같았다. 그 순간을 떠올릴 때마다 얼굴이 홧홧거리고 몸이 오그라들었다.

"이런 꼴은 다시는 겪지 않을 거다."

나는 이를 악물고 다짐했다. 순복이와 문철이. 골목 안 두 친구와 그렇게 격의 없이 유쾌하게 놀았던 것도 그날로 끝이었다. 무더위보다 더 뜨겁던 수치스러운 그 기억과 함께 여름이 서서히 지나가고 있었다.

그 여름 끝자락에 다시 한 번 골목이 뜨겁게 달아올랐다. 어지간한 일에는 꿈쩍도 않던 상순네 할매가 골목에 나와 떠들어댔다.

"아이고, 우짜노! 육영수 여사가 돌아가싰단다! 총에 맞아서!"

광복절 공휴일이라 모처럼 쉬고 있던 엄마들이 골목으로 뛰어나갔다.

"그게 뭔 소린교?"

"테레비전에! 방금 기념식 방송 보고 있는데……!"

엄마들은 상순 할매네 텔레비전 앞으로 몰려갔다. 우리도 줄줄이 따라가 텔레비전을 봤다. 화면에는 뉴스를 전해주는 아나운서와 기념식장 모습이 번갈아 나왔다. 뉴스를 전해주는 아나운서 목소리가 석유 풍로에 얹어놓은 뜨거운 프라이팬처럼 자글거렸다.

광복절 기념식장에서 대통령 영부인 육영수 여사가 간첩 문세광이 쏜 총에 맞아 돌아가시는 일이 벌어진 것이었다.

"아이고, 아이고……."

어른들은 자기 어머니가 돌아가신 것처럼 울었다. 엄마들이 우는 걸 보고 아이들이 따라 울기 시작했다. 나와 동생들도 울었고 순복이와 문철이도 울었다.

'전쟁 나면 어쩌노?'

나는 울면서도 그런 생각이 들었다.

한동안 라디오와 텔레비전에선 우울하고 무거운 음악이 흘러나왔다. 뉴스에서는 전국 각지에서 대성통곡하는 사람들 모습을 끝도 없이 보여주었다. 깡깡이 소리조차 울음처럼 들리는 날들이 이어졌고 나는 어린아이에서 소녀로 자랐다.

*

　엄마는 손녀들 중에 특히 예진이를 예뻐했다. 예진이는 정희의 외동딸이었다. 아들을 그렇게 좋아했지만 엄마는 손주는 보지 못하고 손녀만 넷을 봤다. 다섯 자식들 중 나는 독신이었고 동우는 잃어버렸으니 남은 셋 중에 동식이는 미국에서 딸 하나를 낳았고 정애도 딸 둘을 쌍둥이로 낳았다. 정희까지 딸을 낳자 엄마의 실망은 이만저만이 아니었다.

　치매에 걸리기 전까지 엄마는 나만 보면 결혼하라고 다그쳤고 동생들에게는 아무리 세상이 달라졌대도 아들이 있어야 한다고 닦달을 해댔다. 정애와 정희는 엄마 앞에서는 고개를 끄덕였지만 꼭 아들을 낳을 생각은 없는 것 같았다. 동생들과 제부들도 아들, 딸 구별 없이 인연되어 찾아온 생명 잘 키우는 게 옳다는 주의였다. 나도 결혼하지 않고 조카들을 내 딸처럼 예뻐하며 사는 게 나쁘지 않았다. 양육의 책임은 동생들이 다 지고 나는 예뻐만 하면 되니 어느 모로 보나 남는 장사였다.

　한국에 있는 조카 셋이 다 예쁘고 사랑스러웠지만 나도 엄마처럼 예진이가 특별히 좋았다. 큰이모인 나를 닮아선지 그림을 좋아하고 잘 그리는 것도 예뻤고 호불호가 분명하며 강단 있는 성정까지 나를 닮은 것 같아 좋았다. 올해 열여섯인 예진이는 질풍노도의 사춘기를 막 빠져나오고 있는 중이었다. 한국에 있는 세 손녀들 중 외할머니가 입원해 있는 요양병원에 한 달에 한 번 정도 찾아가는 손녀는 예진이뿐이었다.

"대학 입시를 준비하느라 일부러 요양원 자원봉사 다니는 아이들도 있는데 그런 아이들에 견주면 저는 할머니도 보고 일석이조죠. 이모, 이번 일요일 할머니한테 가신다고요? 저도 데려가 주세요."

솔직하고 쿨한, 예뻐할 수밖에 없는 조카였다.

"할머니 드리려고요."

제 엄마한테 받은 돈이겠지만 예진이는 할머니 좋아하는 과자까지 들고 왔다. 복숭아 빛으로 발그레한 볼. 길쭉길쭉한 팔과 다리. 까맣게 찰랑거리는 머릿결. 열여섯은 존재 그 자체만으로도 눈부신 나이였다. 요즘은 초등학생들도 한다는 화장을 예진이는 아직 할 생각도 안 하는 것 같았다. 요양원 가는 길에 슬쩍 물어봤다.

"예진아, 요즘은 초딩들도 화장하고 거, 뭐냐? 입술에 바르는 거. 티……, 틴트! 맞지? 그런 거 바르고 하던데. 넌 그런 거 안 해 보고 싶니?"

"친구들이 다 해서 나도 해볼까 싶긴 한데, 나중에 때가 되면 다 할 텐데 미리 당겨서 할 것까지 뭐 있나 싶기도 하고요. 그런데 저처럼 화장 안 하는 친구도 더러 있어요. 다 하는 건 아니고요."

방글거리며 말하는 모습도 어쩜 그리 예쁜지. 병실 앞에 도착하자 예진이는 나보다 먼저 문을 열고 들어갔다. 저 나이 때는 병실에서 나는 특유의 냄새가 싫을 법도 할 텐데 한 번도 그런 티를 내지 않았다.

"할머니, 좀 어떠세요? 엄마는 회사 일이 바빠 오늘도 출근하고 제가 대신 왔어요. 이거 할머니가 좋아하시는 과잔데 좀 드셔보세요."

예진이의 상냥한 목소리가 병실 구석구석 빛처럼 퍼져나갔다. 우중충한 병실 분위기가 마법처럼 환해졌다.

엄마는 예진이를 알아보지 못했다. 엄마는 그냥 멋쩍게 웃었다. 누군지 알지 못해 미안하다는 듯, 총기가 사라진 흐릿한 눈으로 나와 예진이를 번갈아 쳐다봤다. 그러다 예진이가 과자를 손에 쥐어주자 헤벌쭉 웃으며 먹기 시작했다.

"엄마, 예진이가 할머니 드린다고 사온 과자예요. 맛있어요?"

"응. 응!"

과자에 몰두한 엄마가 건성으로 대답하며 고개를 연신 끄덕였다.

"할머니, 이것도 좀 마셔가며 드세요."

그새 예진이가 머그잔에다 따뜻한 물과 둥굴레 티백을 넣어 들고 왔다. 어쩜 저리 예쁜 짓만 골라 하는지!

과자 한 상자를 거의 다 먹어치운 엄마가 입맛을 다시며 차를 호로록 마시다 생각난 듯 말했다.

"요즘은 과자도 참 맛나. 옛날엔 돈이 있어도 이런 걸 못 사 먹었어."

"과자 사 먹을 돈은 있었고요?"

무슨 말이든 이어가려고 내가 던진 말에 엄마가 정색을 하고 말했다.

"밥 먹고살기도 빠듯한 살림이었는데 과자 같은 걸 사 먹을 형편이 됐나 어디. 집집마다 자식들 배 안 곯리고 살기도 빠듯했지. 그때는 다 그랬어. 요즘은 정말 좋은 세상이야. 먹는 거든, 입는 거든, 뭐든 다 풍족하니. 요즘 사람들은 먹기 싫어 안 먹지만 옛날엔 어디 그랬나? 과자 같은 건 언감생심 꿈도 못 꿨지. 그저 죽으나 사나 밥밖에 없었지. 새 옷도 명절이나 돼야 겨우 얻어 입었고."

엄마는 다시 기억이 돌아온 듯 조리 있게 말했다.

"할머니, 저 아시겠어요?"

예진이가 이때다 싶었는지 할머니 앞에 얼굴을 들이대며 물었다.

"아이고, 뉘 집 딸인지. 참하게 생겼네."

엄마의 엉뚱한 대답에 예진이가 멋쩍게 웃으며 물러났다.

"정희 딸 예진이잖아요. 엄마가 제일 예뻐하는 손녀."

내가 끼어들자 엄마는 다시 샐쭉해져 입을 닫아버렸다.

"아이참, 나는 결혼한 적 없다니까요!"

예진이가 할머니 어깨와 팔다리를 주물러줘도 소용없었다. 엄마는 다시 망각 속으로 깊이 빠져들어가더니 잠이 들고 말았다.

"할머니가 갈수록 잠자는 시간이 길어지네."

내가 중얼거리자 예진이는 뭐라 말하기 힘든 표정으로 물끄러미 할머니를 내려다봤다.

"할머니가 자유롭게 다니지도 못하고 침대에서 잠만 주무시고 텔레비전만 보며 지내야 한다는 게 정말 마음 아파요. 나는 이렇게 내 마음대로 움직일 수 있는데 말예요."

"그렇지? 나이를 먹고 늙는다는 건 참 쓸쓸한 일이지."

"옛날에 엄마랑 이모 정말 가난하게 살았어요?"

"가난? 글쎄? 그때는 다 그렇게 비슷하게 살았지. 우리 주변에는 다 그런 사람들이 살아서 우리가 특별히 가난하다는 생각은 안 하고 살았지만⋯⋯, 호호호, 아니네. 우린 좀 더 가난했지. 맞아. 좀 더 가난한 집!"

"레벨이 좀 더 높았네요."

"맞아. 레벨이 높았지. 그렇지만 그게 불행과 비례하는 건 아니었어. 가난해도 그닥 불행하다는 생각은 안 들었어. 지금 너희들이

사는 거에 견주면 재밌는 사건도 많았고. 너희 엄마 어릴 때 길 잃

어버렸던 얘기 아니?"

"예? 엄마가요?"

"그럼. 까딱했으면 너는 세상에 태어나지도 못했을걸?"

조카에게 옛날이야기를 들려주며 돌아오는 길은 혼자 돌아올

때보다 훨씬 마음이 따뜻했다.

깡깡이

자갈치 도선

여름방학 동안 정희는 바로 위에 언니인 정애한테 껌딱지처럼 붙어 다녔다. 정애도 가는 곳마다 정희를 데리고 다녔다. 아직 삼학년밖에 되지 않았지만 오 남매 중에 가장 마음이 여린 정애는 특히 정희를 예뻐했고 정희도 큰언니인 나보다 작은언니를 더 따르고 좋아했다.

개학을 며칠 앞둔 날이었다. 방학 숙제를 하고 있는 정애 곁에 정희가 놀고 있는 걸 보고 나는 동우를 업고 집을 나섰다.

"정애야, 정희야. 언니 콩나물 사러 시장 갔다 올게."

"응."

밀린 일기를 쓰느라 코가 석 자나 빠진 정애는 고개도 들지 않고 건성으로 대답했다.

"언니야, 나도 갈래."

심심했던지 정희가 따라나섰다.

"니는 정애 언니랑 집에 있어라. 금방 갔다 올 거다."

아직 어린 걸음으로 언제 갔다 오나 싶어 나는 정희를 떼놓고 갔다.

집에 돌아와 보니 정희가 보이지 않았다.

"정애야, 희야는?"

"조금 전에 오빠야랑 나갔는데? 내가 숙제만 하고 있으니까 오빠야가 영배랑 성하 오빠하고 놀러 가는 데 따라갔다."

'동식이랑 놀다가 같이 들어오겠지.'

처음엔 그렇게 생각하고 있었는데 여름해가 남항 건너편 천마산 너머로 뉘엿뉘엿 넘어갈 때까지 동식이도 정희도 들어오지 않았다. 동식이야 그러려니 했지만 이제 일곱 살 정희가 안 보이니 슬그머니 걱정이 되었다. 조금 뒤면 엄마도 집에 올 터였다.

"정희 찾아봐야겠다."

나는 정애더러 동우를 보라고 맡긴 뒤 집을 나섰다. 내가 막 골목을 나서는데 동식이와 영배, 성하가 터덜터덜 걸어오고 있었다. 셋 다 잔뜩 겁에 질린 표정이었다.

"와 느그만 오노? 정희는?"

깡깡이

"그, 그게······."

동식이가 머리를 긁적이며 머뭇거렸다.

"정희는? 아까 니가 데리고 갔다면서?"

"우리가 데리고 가긴 갔는데······."

대신 대답하는 영배 말을 자르며 다시 물었다.

"정희 데리고 어디 갔더노? 정희 어딨노?"

"도선 타고 자갈치 놀러 갔는데 올 때 정희가 배를 모, 못 탔는지······, 안 보여서······."

동식이가 겁에 질려 더듬거렸다.

"그게 무슨 말이고?"

"자갈치시장 구경하고 도선 타는 데까지는 같이 왔다. 내가 분명히 봤다."

성하가 촉새처럼 나서며 자신 있게 말했다.

대평동에서 자갈치까지 사람들 태우고 운행하는 도선이 있었다. 충무동시장이나 자갈치시장에서 장사하는 사람들과 시내로 오가는 사람들이 주로 타는 통통배였다. 어른들만 요금을 받았기 때문에 아이들은 어른들 틈에 슬쩍 끼여 함께 가는 자식들인 양 배를 타기도 했다. 동식이와 영배, 성하는 가끔 그렇게 도선을 타고 자갈치까지 놀러 나가기도 했는데 그날은 따라나서는 정희를 데리고 간 것이었다. 그런데 어른들 틈에 끼여 슬쩍 배를 타다 보니 미처 정희를 챙기지 못한 모양이었다. 선착장에서 배까지 안전한 다리가 놓인 것도 아니고 선착장에서 곧바로 성큼 배에 올라가야 하는데 다리 짧은 정희가 미처 배를 타지 못한 사이 배는 출발해버리고 정희 혼자 자갈치 쪽 선착장에 남겨진 모양이었다. 동식이가 상황을 알았을 때는 이미 배는 출발한 뒤였고 자기들이 돈을 내지도 않고 배를 탔던 터라 무어라 말할 처지도 못 되었던 게 불 보듯 뻔했다.

"아이고, 정희야. 우리 정희 우짜노!"

내 입에서 비명처럼 터져 나오는 소리를 듣자 비로소 상황이 얼마나 심각한 건지 눈치 챈 동식이가 울먹거렸다.

"누, 누나야……. 히잉!"

나는 동식이 등짝을 후려치며 악을 썼다.

"시끄럽다. 뭘 잘했다고 울고 난리고. 동생을 그렇게 놔두고 오면 우짜노! 빨리 엄마한테 가서 오시라 캐라."

얻어맞은 등짝이 아픈 것도 못 느낀 듯 동동거리며 동식이가 달려가는 걸 보고 있는데 멀리서 엄마가 보였다. 자초지종 이야기를 들은 엄마는 쇳가루 범벅인 작업복을 벗지도 않고 그대로 도선 타는 곳으로 달려갔다.

"정은이 어머니, 저랑 같이 가십시다."

그 뒤를 순복이네 아저씨가 따라 달렸다. 순복이네 아저씨는 무슨 일만 생기면 귀신같이 나타났다. 상순네 할매는 전화로 경찰서에 미아 신고를 하고 영배네 엄마는 저녁밥도 못 먹고 있는 나와 동생들을 챙겼다.

"정은아, 얼른 밥부터 안치라. 엄마가 정희 찾아오면 밥 먹여야 할 거 아니가."

나는 울면서 쌀을 씻었다. 내가 잘못해 정희를 잃어버린 것 같았다. 동식이 정도면 도선을 못 타더라도 영도다리를 걸어서 집까지 얼마든지 찾아올 수 있었다. 하지만 이제 일곱 살 먹은 정희가 길을 찾아 집까지 오기는 불가능한 거리였다.

'시장 갈 때 정희를 데리고 가야 했는데!'

'정애한테 정희 잘 보라고 주의를 줬어야 했는데.'

모든 게 다 내 탓만 같았다. 아무리 후회해도 되돌릴 수 없는 시간이었다.

여름해가 길다지만 그새 밖은 어둠이 내리고 있었다. 혹시나 동네 어디서 놀다 들어올까 싶어 나는 동우를 업고 골목 밖에서 서성거렸다.

'우리 집은 왜 이렇게 하루도 조용한 날이 없을까?'

깡깡이 망치 소리가 한여름 매미 소리처럼 쏟아지는 동네. 항구의 기름 냄새와 녹슨 쇳가루 냄새가 떠나지 않는 동네. 뱃전에 쓴 녹은 깡깡이 망치질에 떨어지기라도 했지만 엄마가 허리 한 번 제대로 펼 새 없이 일해도 가난은 떨어질 생각조차 않았다.

갑자기 그 모든 것이 지긋지긋했다. 벌어오는 족족 빚쟁이들한테 다 뜯기고 그저 하루 세 끼 굶지 않고 살 수 있는 것에 감지덕지인 삶. 이게 무슨 사는 건가 싶었다. 소식도 없는 아버지가 처음으로 원망스러웠다.

엄마는 여덟 시가 다 돼서 넋이 반쯤 나간 상태로 돌아왔다. 순복이네 아줌마와 아저씨가 엄마를 부축해 함께 왔다. 상순네 할매와 영배네 엄마까지, 골목 사람들이 우리 집에 다 모였다. 상순네 할매가 말했다.

"정은아, 엄마 물 한 그릇 떠다 드리라."

얼마나 속을 태웠는지 엄마 입술은 갈라지고 허연 껍질이 일어나 있었다. 엄마는 내가 건네주는 물 대접을 받아 벌컥벌컥 들이켰다.

자갈치에서 해산물을 파는 순복이네 엄마가 상순네 할매를 보고 말했다.

"시장 사람들한테 수소문하니까 꼼장어 파는 아지매 말이 정희 또래로 보이는 여자아이가 울면서 부평동 쪽으로 가는 걸 봤다 안캅니까. 아, 거기서는 산지사방이 다 길인데 어디로 갔을지 알 수가 있어야지요."

순복이네 아저씨가 다시 설명하듯 말했다.

"제가 남포동 파출소에 신고하러 갔더니 벌써 미아 신고가 들어와 있더만요. 그러니 조금만 기다려 보자고요."

엄마는 속이 타는지 물만 자꾸 들이켰다. 나도, 동식이도, 정애도 숨죽인 채 엄마만 바라봤다. 내 등에 업힌 동우도 배가 고플 텐데 보채지도 않고 뭘 아는 듯 조용히 잠들어버렸다. 아마 지쳐서 잠이 들었을 거다.

"너무 속 태우지 말고 조금만 더 기다려 보자. 전화 오면 바로 달려올 테니."

순복이네 부모님과 영배 엄마가 자기네 집으로 돌아가고 상순네 할매까지 엄마한테 위로의 말을 남기고 갔다. 나는 가만히 동우를 내려 눕혔다. 뜨겁던 등이 날아갈 것처럼 시원했다. 하지만 나는 그런 느낌조차 자책감이 들어 흠칫했다.

'동생을 잃어버렸는데 이런 느낌이 들다니!'

아무리 절박한 상황이라도 몸의 느낌은 숨길 수가 없다는 게 낯설면서도 미안했다. 내게 지워진 책임감 때문에 나는 그런 감정조차도 불편했다.

사람들이 가고 나자 엄마가 소리 없이 울기 시작했다. 전등불에 비친 엄마의 검은 그림자가 한쪽 벽에서 같이 흐느끼고 있었다. 동식이가 따라 울먹거렸다.

"엄마, 내가 잘못했어요. 내 때문에 정희가……, 엉엉, 내가 정희를 잃어버렸어요."

"정희 못 찾으면 어짜노 엄마………. 흑흑……. 내가 숙제한 다고 깜빡하다가 으아앙."

정애는 정애대로 자기 탓이라며 울었다. 내 눈에서도 눈물이 뚝뚝 떨어졌다. 가슴이 날카로운 송곳에 찔린 것처럼 아팠다.

'정희는 어디 있을까? 정희야, 정희야!'

소리 내 울고 싶었지만 엄마를 보니 차마 그럴 수가 없었다.

얼마나 울었을까?

서로의 자책과 깊은 슬픔에 싸인 집 안은 가라앉은 우물처럼 어둡고 고요했다.

아홉 시가 넘은 시간에 상순네 할매가 달려왔다.

"이 사람아! 정희 찾았단다. 정희!"

엄마가 용수철에 튕긴 것처럼 일어났다.

"지금 부평동 파출소에 있단다. 대평동 파출소에서 전화가 왔다."

허둥지둥 나가는 엄마를 상순네 할매가 다시 불러 세웠다.

"혼자 가지 말고 순복이네 아버지하고 같이 가게."

활짝 열어놓은 문으로 상순네 할매 목소리를 들은 골목 사람들이 다시 뛰어나왔고 순복이네 아저씨가 엄마 뒤를 따라 다시 달려갔다. 그 와중에도 문철이네 집 문만은 굳게 닫혀 있었다.

한참 뒤에 순복이네 아저씨가 정희를 업고 왔다. 긴장이 풀린 엄마는 다리까지 풀려 걸음도 겨우 걸었다.

"쪼맨한 아가 우째 거기까지 걸어갔는지 모르겠네요. 국제시장 근처에서 울고 있는 거를 누가 보고 부평동 파출소에 데려다준 모양입니다. 거기는 거기대로 미아 신고 들어온 파출소를 찾은 모양인데 연락이 늦게 된 건지……. 아무튼 이래라도 찾았으니 얼마나 다행입니까."

상순네 할매한테 자세하게 설명한 다음 순복이네 아저씨는 엄마를 보고 말했다.

"아지매요, 인자 맘 푹 놓고 주무시소."

"고맙습니다. 순복이 아버지. 이래 신세를 져서 우짭니까. 고맙습니다! 정말 고맙습니다!"

엄마는 몇 번이고 허리를 굽혀 인사를 했다.

포마드기름 번지르르한 머리에 허세만 떠는 아저씬 줄 알았는데! 골목 일이라면 자기네 일처럼 팔 걷어붙이고 나서 도와주는 순복이네 아저씨. 그동안 오해했던 것도 죄송했고 내 목소리가 예쁘다며 아나운서가 되라던 말을 귓등으로 흘려들었던 것도 미안했다.

'겉모습만 보고 내가 잘못 생각했구나.'

나는 아무도 몰래 얼굴을 붉혔다.

엄마는 잠깐이라도 눈을 떼면 다시 사라지기라도 할 것처럼 정희를 쓰다듬고 또 쓰다듬었다. 볼에 눈물자국이 꾀죄죄한 정희는 그런 엄마의 관심이 기쁜지 헤벌쭉거리며 엄마 품을 파고들었다.

막내 동우가 태어나고부터 엄마의 사랑이 늘 아쉬웠던 정희였다. 엄마 혼자 일하면서 다섯 아이들 골고루 보살피고 사랑을 나눠주었지만 구석구석까지 손길이 미치지 못한 부분도 분명 있었다. 내가 아무리 애써도 엄마가 아니면 안 되는 그런 일들. 따뜻한 엄마 품이라던가, 부드러운 엄마 목소리 같은 건 내가 대신해 줄 수 없는 부분이었다.

다섯 아이들의 이야기를 다 들어주고 일일이 품에 안아주는 건 가장 쉬운 일일 수도 있었지만 하루 종일 노동에 지친 엄마에겐 가장 어려운 일이기도 했다. 집에 돌아온 엄마는 씻고 저녁을 먹은 뒤엔 누가 업어 가도 모를 만치 깊은 잠에 빠져들었다. 그렇게 자고 나야 다음 날 다시 일할 기운이 생겼으니 무리도 아니었다.

다음 날 아침부터 우리 집에선 엄마 고함 소리와 동식이 울음소리가 같이 터져 나왔다.

"이놈의 자슥. 또 느그들끼리 도선 타는 그런 짓 할 거가! 내가 니 때문에 지레 말라 죽겠다. 이놈아! 이놈아!"

"아야야야! 엄마, 잘못했어요. 다시는, 다시는 안 그럴게요! 엄마아아……."

선불 맞은 송아지처럼 동식이가 뛰쳐나가고 그 뒤를 빗자루 든 엄마가 달려갔다.

은실 언니

순복이와 문철이는 개학과 함께 다시 학교에 다니느라 바빴다. 방학 동안 순복이랑은 자주 서로의 집으로 오가며 놀았지만 개학하고부터는 맘 편하게 이야기 나눌 시간도 없었다. 물장난 사건 이후부터 문철이와는 예전처럼 이물 없이 대해지지 않았다. 문철이도 나와 마주치면 괜히 얼굴이 빨개져 어쩔 줄 몰랐다.

가끔 동생들을 데리고 만화방을 찾는 게 유일한 기쁨이었다. 해는 점점 짧아졌지만 하루하루는 지겨울 만큼 길었다. 어느 날 상순네 할매가 골목에서 정희와 소꿉놀이 상대를 해주고 있는 나를 보더니 혀를 끌끌 차며 중얼거렸다.

"다 큰 아가 얼라처럼 소꿉이나 살고……."

혼잣말처럼 하는 소리였지만 나는 가슴을 망치로 한 대 맞은 것 같았다. 앞날이 걱정스럽다거나 어떻게 하면 훌륭한 사람이 될 수 있을까? 같은 생각은 해보지도 않았지만 다른 사람한테서 걱정인지 모를 소리를 듣는다는 게 편하지만은 않았다.

'사람은 자기 나이에 맞는 행동을 해야 되는구나.'

집에서 동생과 소꿉놀이나 하는 내 모습이 다른 사람들 눈에 그렇게 비친다는 게 불편했다. 남의 눈을 의식하며 살 필요는 없었지만 그렇다고 자유롭기도 쉽지 않았다.

가을이 깊어가면서 내 마음도 따라 초조해져 갔다.

'중학교를 가야 되는데……'

어떻게 해야 될지 방법을 몰랐다. 국민학교를 졸업하고 나니 누구에게 진학 문제를 물어봐야 할지 막막했다. 아버지는 없는 사람이나 마찬가지였고 가까이 있는 엄마는 그런 것엔 관심도 없는 것 같았다. 이러다가 중학교 문턱도 밟아보지 못한 채 계속 이렇게 살지도 모른다는 생각이 들었다.

'내가 만약 동식이라면 엄마는 그냥 있지 않았겠지.'

언젠가 엄마가 했던 이야기가 떠올랐다.

"느그 외할머니는 딸이라곤 나 하난데 어찌 그리 일만 부리묵고 학교 공부도 제대로 안 시키주던지. 모내기 한다고 밥해 오라 하고. 타작한다고 동생 보라 하고! 열 살도 안 됐는데 보리쌀 삶아서 일꾼들 밥, 내가 다 해내갔다 아니가. 그러니 공부는 언제 하노? 학교 입학해놓고 일 년에 반도 못 갔을 거다. 사학년까지 다녔나? 그라고 학교 다니는 거 그만 접었지. 느그 외할매 나를 그리 부리묵고도 시집갈 때 혼수도 변변하게 안 해주더라. 살림이 없는 것도 아닌데. 청하 갱빈에 우리 땅 안 밟으면 사람들이 지나갈 수 없었는데 말이다. 느그 외할아버지도 그 많은 논밭. 아들들한테만 다 물리주고 나는 밭 한 뙈기 안 주시더라. 그 생각하면 지금도 서운타."

일제강점기 때 태어나 6·25 전쟁 때 피난 온 아버지를 선보고 결혼한 엄마.

엄마는 딸이라서 부모한테 관심 받지 못한 걸 서운해하면서도 정작 자신도 딸한테 그런 관심을 기울일 줄 모르는 것 같았다. 나는 중학교 보낼 생각조차 하지 않으면서도 동식이 육성회비는 밀리는 법 없이 꼬박꼬박 제 날짜에 쥐여 보냈고 공부하는 데 필요한 거라면 어떻게라도 갖춰줬다.

'나는 딸이라고 맨날 동생들 돌보라 하고 집안일만 시키고.'

하루하루 엄마 눈치만 살피는 내 마음에 서운함도 함께 쌓여 갔다. 내가 결정적으로 마음을 정하게 된 건 문철이네 누나인 은실 언니 때문이었다.

"정은아, 동식이 밥 먹게 불러라."

깡깡이 일을 마치고 온 엄마가 서둘러 저녁상을 들이며 말했다.

동식이는 성하와 영배랑 어울려 노느라 어두워지고 있는데도 아직 들어오지 않았다.

"노느라 정신이 빠져 밥 먹을 줄도 모르고."

내가 투덜대며 집을 나서는데 맞은편 문철이네 집에서 동식이가 입에다 무얼 욱여넣으며 나오고 있었다.

"니는 밥 먹을 때가 다 됐는데 거기서 뭐하노? 그라고 뭘 그리 묵어샀노?"

"은실이 누나가 준 빵! 월급 받았다고 빵 사 와서 영배하고 나한테 하나씩 주더라. 양과점에서 파는 빵이라는데 세상에서 이렇게 맛있는 빵은 처음이다."

동식이는 손가락까지 쪽쪽 빨며 입맛을 다셨다.

'엄마가 콩 한 쪽도 나눠 먹으라 캤는데. 지 혼자 한입에 그걸 다 털어 넣다니!'

나는 한심스럽다는 표정으로 동식이를 흘겨봤다.

올해 여상을 졸업하고 무역회사에 취직했다는 은실 언니. 언제나 눈을 내리깐 채 골목을 지나다니는 아줌마와 뺀질뺀질 얄미운 성하. 요즘 들어 나만 보면 얼굴이 붉어지는 문철이. 은실 언니는 그런 그집 식구들과는 다른 사람이었다. 흰 블라우스와 검정 플레어스커트를 단정하게 입고 아침이면 또각또각 구두 소리를 내며 출근하는 은실 언니. 흰 칼라가 눈부신 교복을 입고 고등학교에 다닐 때도 말 한 번 제대로 붙여보지 못했다. 은실 언니가 지나가면 골목에 싱그러운 풀 향기가 나는 것 같았다. 쇳가루 냄새와 깡깡이 소리 가득한 동네에 은실 언니는 다른 세상에서 온 사람처럼 맑고 고왔다.

'나도, 나도 언젠가는 은실 언니처럼 월급 탔다고 동생들 양과자랑 빵 사주는 언니가 되어야지. 아침이면 깨끗한 옷을 단정하게 차려입고 출근하는 회사원! 아니, 어쩌면 순복이네 아저씨 말씀처럼 아나운서가 될 수 있을지도 모르지.'

생각만으로도 가슴이 뛰었다.

'아나운서! 라디오에서 내 목소리가 나오고 텔레비전에도 나와 뉴스 같은 걸 전해주는 아나운서라니! 아나운서가 되면 월급 많이 받아서 동생들 빵도 사줄 건데. ……그렇지만 내가 학교 가면 동생은 누가 돌봐주노? 그럼…… 나는 언제까지 이렇게 살아야 하노?'

상상은 꼬리를 물고 이어지다가 다시 처음 출발점으로 돌아왔다.

"회사원도 좋고 아나운서도 좋겠지만 나는……, 나는 오아시스 같은 사람이 될 거다. 지치고 힘든 사람을 편히 쉴 수 있게 해주는 사람. 그런 사람이 되면 좋겠다."

마치 오랜 시간 꿈꾸고 고대했던 것처럼 나도 모르게 그런 말을 중얼거렸다. 어떻게 해야 그런 사람이 될 수 있는지 모르겠지만 나는 꼭 그런 사람이 되고 싶었다.

'학교를 가야지! 어떻게 하면 오아시스 같은 사람이 될 수 있는지 공부를 해봐야지.'

내년에는 무슨 일이 있어도 중학교에 가겠다고 혼자 다짐했다. 그러나 깡깡이 일로 지쳐 있는 엄마한테 중학교 보내달란 말을 꺼내기란 생각처럼 쉽지 않았다.

나는 점차 말수가 줄어들었다. 동우와 정희를 돌보는 사이사이 혼자 조용히 책을 읽거나 무언가 골똘히 생각하는 시간이 많아졌다.

어린 마음

"실례합니다. 여기 김동식 어린이 집 맞습니까?"

경찰이 현관문 앞에서 엄마를 찾았다. 동식이는 어디서 무얼 하는지 아직 집에 들어오지 않고 있었다. 깡깡이 일을 마치고 돌아온 엄마가 부엌에서 저녁을 차리다 말고 나갔다.

"맞는데예. 무슨 일로……?"

엄마 말이 채 끝나기도 전에 경찰의 말이 이어졌다.

"최영배, 허성하. 모두 같은 골목에 산다고요?"

"네, 영배네 집은 바로 옆집이고 성하네 집은 앞집……. 그런데 무슨 일입니까?"

엄마가 손가락으로 앞집 옆집을 가리키다 되물었다.

"지금 아이들 셋이 파출소에 있으니 다른 부모들하고 같이 파출소에 가보셔야겠습니다."

"우리 아이들이 와……, 와, 파출소에 있는데요?"

엄마가 헛발을 내딛은 것처럼 휘청거리며 소리를 질렀다.

"자세한 건 가보면 아실 겁니다."

마른하늘에 날벼락이란 말은 이럴 때 쓰는 말이었다. 영배 엄마와 성하 엄마까지 줄줄이 경찰서로 불려갔다. 그 와중에도 성하 엄마는 여전히 빨간 입술을 뾰족 내민 채 경찰에게 자기 아들은 파출소에 잡혀갈 짓을 할 애가 아니라고 침을 튀겼다. 순복이네 아저씨도 빠지지 않고 엄마들과 함께 파출소로 갔다. 나는 남은 동생들과 함께 엄마가 돌아오기를 초조하게 기다려야 했다.

한참 뒤 엄마가 동식이를 데리고 돌아왔다. 동식이는 데쳐놓은 배춧잎처럼 잔뜩 풀 죽어 있었다. 엄마는 집에 오자마자 회초리를 꺼냈다.

"이노무 자식! 이리 와서 종아리 걷어라."

"어, 엄마. 잘못했어예."

"잘못? 그게 잘못인 줄은 알고 있었단 말이제?"

"다른 형님들이 하는 거 보고……. 으아앙."

동식이는 울음을 터트렸지만 엄마는 끄떡도 안 했다. 평소 동식이라면 끔찍하던 엄마는 어디로 갔을까? 매서운 얼굴로 회초리를 든 엄마 모습은 내가 봐도 낯설었다.

"이노무 새끼. 내가 도둑질하라고 니를 키우는 줄 아나."

엄마가 모질게 회초리를 내리쳤다. 동식이 종아리에 굵은 지렁이 같은 빨간 줄이 그어졌다.

"아야야야! 엄마! 어, 엄마! 살리주이소."

동식이가 팔짝팔짝 뛰며 숨넘어가는 소리를 내질렀다. 막내 동우가 놀라 울음을 터트렸다.

엄마는 큰아들의 비명이나 막내의 울음소리 따윈 들리지도 않는 듯 다시 회초리를 휘둘렀다. 빨간 줄 위에 다시 빨간 줄이 그려지고 부풀어 오른 피부가 터져 마침내 피가 흐르기 시작했다.

"아이고 아야야야……!"

동식이는 종아리를 접어 안고 방바닥에 데굴데굴 굴렀다. 엄마는 이를 앙다물고 그런 동식이의 등과 팔, 엉덩이 할 것 없이 다시 회초리로 내리쳤다.

"엄마, 그만하이소! 그만!"

내가 엄마를 붙잡고 말리고 구석에서 새파랗게 질려 있던 정애와 정희가 함께 오빠를 부둥켜안고 울음을 터트리자 엄마가 가쁜 숨을 내쉬며 매질을 멈췄다. 매질을 그친 대신 엄마가 비명 같은 넋두리를 쏟아내며 울기 시작했다.

"어흐흐흑! 아무리 없이 살아도 도둑질이 뭐고 도둑질이. 내

깡깡이

는……, 지를 하늘같이 생각하는데 도둑질이나 하고 으흐흐
흑!"

엄마 눈에서 샘물처럼 눈물이 솟아나 앞섶을 적셨다.

"으아아앙."

"어, 엄마!"

정애와 정희가 다시 따라 울고 나는 딸꾹질까지 하며 우는
동우를 안았다.

도둑질이라니? 내 가슴도 철렁 내려앉았다. 나는 동식이를
째려보며 다그치듯 물었다.

"무슨 짓을 했는데? 도둑질이 뭔 소리고?"

"엄마가 돈 번다고 너, 너무 힘들어서……. 형님들이……, 형
아들이 고물상에, 고철 같은 거 가져가면 돈, 돈 준다 캐서. 나
도 돈 벌어서…… 엄마 줄라고. 으허헝…… 엉엉…….."

눈물 콧물 범벅이 된 동식이가 숨을 몰아쉬며 띄엄띄엄 말
을 이었다.

"이노무 새끼. 내가 그런 돈 좋아할 줄 알았더나? 그래서 철
공소 공장 앞에 내놓은 고철 뚱쳤더나. 이 철딱서니 없는 놈
아!"

엄마가 다시 손바닥으로 동식이 등짝을 후려치며 소리를 질
렀다.

"어, 어머니! 잘못했어요. 인자 절대, 절대로 안 그럴게요. 안 그럴게요!"

동식이는 발이 손이 되게 싹싹 비비며 엄마한테 빌었다.

"내가 암만 힘들어도 느그들 밥을 굶갔나? 옷을 못 입혔나! 엄마 고생하는 줄 알면 공부나 열심히 해야지. 허구헌날 밖으로 돌고 책 들고 앉는 꼬라지를 못 보겠다."

그동안 엄마는 고단한 일에 치여 모른 척했을 뿐 안 보고 있었던 건 아니었다. 그런데 고생하는 엄마를 생각해 도둑질을 했다니.

'철딱서니 하고는!'

내년이면 육학년이 되는데. 겨우 생각하는 게 그 정도라니! 정말 어처구니가 없었다. 엄마들이 자식 교육에 신경 쓴다는 각서 쓰고 손이 닳도록 빌고 순복이 아버지가 경찰서에 잘 아는 사람한테 부탁해서 간신히 데려온 모양이었다.

엉뚱한 발상이 어처구니없는 행동으로 이어졌지만 동식이는 자기 방식으로 엄마를 생각하고 있었다.

'천방지축 개구쟁인 줄만 알았더니!'

나는 동식이를 다시 보게 되었다. 그 사실을 누구보다 잘 아는 사람은 엄마였다. 그날 밤 잠든 동식이 종아리에 안티푸라민을 바르며 엄마는 또 소리 죽여 울었다.

깡깡이

말하지 않아도

초겨울비가 추적추적 내려 엄마가 모처럼 집에서 쉬는 날이었다. 아침 내내 엄마 품에서 떨어지지 않던 동우를 안고 따뜻한 아랫목에서 한숨 자고 일어난 엄마 얼굴은 모처럼 화색이 돌았다. 정희는 달력 뒷면에다 정애가 준 몽당연필로 그림을 그리고 나는 문철이한테서 빌린 책을 읽고 있었다. 책에 푹 빠져 있는 나를 물끄러미 바라보던 엄마가 말했다.

"정은아, 내년에는 중학교 가야지."

나는 깜짝 놀라 읽던 책을 덮고 엄마를 바라봤다. 처음엔 그게 무슨 소린지, 내가 잘못 들은 건 아닐까 했다. 내 일엔 통 관심이 없는 것 같은 엄마였다. 그런 엄마가 중학교 진학 이야기를 먼저 꺼내다니! 중학교 가라는 말은 펄쩍 뛸 만큼 반가웠지만 정작 내 입에서 나온 말은 엉뚱했다.

"동우는 누가 보고요? 내년이면 정희도 국민학교 입학해야 하고……."

중학교를 가야겠다는 열망은 나날이 커갔지만 엄마의 고달 픔을 지켜보면서 마음 아팠던 기억들은 내 생각보다 집안 형편 을 먼저 살피게 만들었다.

엄마를 도와야 한다는 생각과 중학교를 가고 싶은 마음 사 이를 하루에도 수십, 수백 번 왔다 갔다 했다.

'엄마가 먼저 중학교 진학 이야기를 꺼내다니!'

눈자위가 씀벅거려 나는 고개를 숙이며 눈을 깜빡였다.

"우리 정은이 같은 딸이 세상에 어딨겠노. 아무리 맏딸은 살 림 밑천이라지만 어린 니가 고생하는 거 엄마도 다 안다. 아버 지 대신 니라도 있어 내가 얼마나 든든한지 모른다. 하지만 니 는 내처럼 맏딸이라는 말에 묶여 살지 마라. 사람은 배워야 제 대로 대접받고 살 수 있는 기라. 일하다 다쳐도 보상은커녕 간 신히 치료비 몇 푼 쥐여주는 그런 회사 말고 제대로 대우 받으 며 일해서 먹고 살아야지! 새벽잠 못 자고 신문 돌려도 월급도 제대로 못 받고. 공부해야 사리 분별 하는 판단력도 생기지. 나 는 옛날 사람이라 이래밖에 몬 살지만 니는 공부해라. 내 뼈가 으스러져도 자식들 공부는 제대로 시킬 거다."

말하지 않았지만 엄마는 내 마음을 다 알고 있었다.

"어, 엄마······!"

무릎 위로 굵은 눈물이 투툭 떨어졌다.

"학교 가서 육학년 때 담임 선생님 찾아서 물어봐라. 어떻게 하면 중학교 갈 수 있는지."

엄마 목소리에도 물기가 촉촉했다.

밖에는 차가운 겨울비가 내리고 있었지만 엄마가 있는 방 안은 따뜻하고 포근했다. 가슴에 얹혀 있던 무거운 덩어리가 스르르 풀리는 느낌이었다. 동우만 아니면 엄마 품에 파고들어 한껏 응석이라도 부리고 싶었다.

며칠 뒤 거짓말처럼 아버지가 돌아왔다.

떠날 때 홀연히 떠났던 것처럼 아버지는 돌아올 때도 홀연 히 돌아왔다. 거의 일 년 만에 보는 아버지는 반가우면서도 낯 설었다. 정희도 아버지가 낯선지 눈만 뚜렷거리며 아버지와 나 를 번갈아 쳐다보며 표정을 살폈다.

아버지 모습은 놀랄 만큼 변해 있었다. 깔끔한 양복에 흰 셔 츠. 거기다 반질거리는 까만 구두까지. 윤기가 도는 허여멀끔 한 얼굴은 우리 집과는 전혀 어울리지 않는 낯선 얼굴이었다.

"엄맘맘마······."

아버지란 걸 알고 그랬을까? 이제 말을 배우기 시작한 동우
가 서툰 걸음으로 아버지께 다가가 옷자락을 붙잡았다.

"정은아, 동생 좀 봐라. 침 묻은 손으로…… 옷 다 베린다."

아버지는 동우를 매몰차게 떼어냈다. 그리고 동우가 잡은 곳
을 먼지 털 듯 손으로 탈탈 털었다. 나는 얼른 동우를 안으며
중얼거렸다.

'자식이 좋다고 달려가면 안아주지는 못할망정 아버지란 사
람이 뭐 저렇노?'

"느그 엄마는 언제 오노?"

"저녁때 돼야 오실 겁니더. 동식이하고 정애는 학교 갔고요."

"깡깡이 일 한다고?"

"예."

"엄마 올 때까지 아부지 한숨 잘 거니까 동생들 데리고 나가
서 조용히 시키라."

아버지가 아랫목에 드러누우며 말했다. 자식들한테 눈길 한
번 제대로 주지 않고 아버지는 금세 코를 골기 시작했다. 팍팍
한 감자를 억지로 삼킨 것처럼 가슴이 먹먹했다. 나는 동우를
업고 정희 손을 잡은 채 골목에서 서성대며 엄마가 오기를 기
다렸다.

엄마가 처음 아버지를 봤을 때의 표정을 잊을 수가 없다. 엄

깡깡이

마 눈에는 놀라움, 반가움, 원망이 차례로 스쳐가더니 점점 분노의 물결이 차올랐다.

"새끼들하고 마누라는 죽을 묵는지 굶어 죽는지 모르고 이 녘 혼자 팔자 폈던갑소. 신수가 훤하요."

아버지는 엄마의 가시 돋친 말에 잠깐 무춤거리다 되려 성질을 냈다.

"허엇, 참! 그게 뭔 소리고! 객지에서 고생하고 온 가장한테. 얼굴 좋은 게 잘못이가? 아니면 깨제제하게 찌든 꼴로 와야 속이 편하겠나?"

"고생? 당신이 뭘 고생 했는교? 생활비를 보내주길 했소? 그동안 새끼들 안부 한 번 물어보기를 했소? 당신 새끼들 꼬라지 함 보소. 저래놓고 아버지 소리 들을라 캤능교?"

예전 같으면 상상도 못할 모습이었다.

"와 이라노. 남들 듣는데. 그동안 내가 좀 무심하긴 했지. 미안했네, 미안해! 인자 내 수출선 타러 가면 당신 돈 한 보따리씩 받게 될 끼다."

엄마 목소리엔 자식들 건사하며 살았다는 당당함이 있었지만 아버지 목소리는 꼬리 내린 개처럼 비굴하고 힘이 없었다.

"수출선이라꼬예?"

엄마가 반신반의하는 얼굴로 물었다.

"그래. 수출선! 나가면 한 이 년 집에 못 오지 싶다. 당신 혼자 또 고생해야 되지만 월급은 딸라로 받기 때문에 제법 될 거다."

"언제 가는데요?"

그새 엄마 목소리는 힐난조에서 새로운 희망으로 톤이 바뀌어 있었다.

"곧 가지 싶다. 늦어도 내달 초에는."

벽에 걸린 달력을 쳐다보는 엄마 눈길을 따라 내 눈도 같이 따라갔다.

'오늘이 11월 25일이니 오 일 정도 남았구나.'

엄마는 다음 날부터 깡깡이 일을 쉬면서 아버지를 챙겼다. 엄마는 제일 먼저 고리 궤짝 깊숙이 넣어뒀던 돈부터 꺼냈다. 고무줄 챙챙 동여맨 그 돈으로 고기를 사다 아버지 밥상에 올렸고 속옷이랑 양말도 새로 사 입혔다.

말쑥하게 차려입고 선원 교육을 받으러 가는 아버지를 바라보는 엄마 얼굴에는 오랜만에 환한 웃음이 번졌다. 바깥으로만 돌던 동식이도 집에 붙어 있기 시작했고 정희는 아버지 무릎에서 내려올 줄 몰랐다. 정애도 아버지 곁을 맴돌았다. 다섯 아이가 북적였지만 언제나 한 곳이 비어 있던 집이 비로소 꽉 찬 것 같았다. 사람만 꽉 찬 게 아니었다. 고기 볶는 고소한 냄새, 환한 엄마 얼굴, 아버지의 우렁우렁한 목소리와 때구루루 구르는 동생들의 웃음소리가 집 안을 가득 채우고 골목 밖까지 흘러넘쳤다.

그 다섯 번의 밤과 다섯 번의 낮이 아버지가 우리와 함께 보낸 마지막 시간이었다. 닷새 뒤 아버지는 다시 바다로 떠났다. 떠나는 아버지를 배웅하며 그게 마지막이 될 줄 아무도 몰랐다.

엄마는 다시 깡깡이 일을 시작했고 나는 며칠 뒤 졸업한 학교로 담임 선생님을 찾아가야지 마음먹었다.

아버지는 석 달쯤 뒤 태평양 한가운데에서 폭풍우를 만나 배와 함께 실종되고 말았다. 흔적조차 남기지 않고 훨훨 우리 곁을 떠난 아버지. 다섯이나 되는 자식과 아내에게 매이지 않고 자신의 욕망대로 살다 떠나간 사람. 아버지는 그런 사람이었다.

*

옥상에서 바깥바람을 쐤던 게 피곤했는지 병실로 돌아와 침대에 눕자마자 엄마는 잠에 빠져들었다. 나는 혼자 물끄러미 엄마를 바라봤다.

잠든 엄마의 얼굴에 아버지의 실종 소식을 듣고 주저앉아 울부짖던 얼굴이 겹쳐진다. 남편을 잃고 몇 년 뒤 막내아들까지 잃은 엄마는 삶의 의지를 놓아버린 사람 같았다. 엄마뿐이었을까? 동생들은 말수가 줄어들었고 잘 웃지도 않았다. 슬픔과 한숨이 오랜 시간 우리 집을 맴돌았다.

내 손으로 키웠던 막내 동생. 나는 일 년 가까이 학교 마치면 하루도 빠지지 않고 자갈치시장 일대를 돌아다니며 동우의 흔적을 찾곤 했다. 가족에 대한 인식이 미처 생기기도 전에 우리와 끈이 떨어져버린 동우는 가족 모두에게 평생 잊을 수 없는 슬픔으로 남은 아이가 되고 말았다. 잔인하고 슬픈 시간이었지만 시간은 또 상처를 치유해주었고 더 강한 사람으로 만들어주기도 했다. 그때는 미처 몰랐는데 지나고 보니 공평하고 고마운 시간이기도 했다.

깡깡이 망치를 쥐던 꿋꿋한 손.

쇳가루로 범벅 된 시꺼먼 얼굴.

지금 잠들어 있는 엄마의 부드러운 손과 하얀 얼굴 어디에도 예전의 그 흔적은 남아 있지 않다.

엄마는 아내라는 자리에서 벗어나 자신이 낳은 자식들을 키우고 공부시키기 위해 최선을 다했다.

"고등학교까지는 내가 공부시켜주지만 그 뒤에는 느그들 스스로 알아서 살아라. 엄마한테 매이지 말고 자유롭게 살아라."

아버지의 죽음과 힘든 노동의 시간들이 엄마를 그리 만들었을 것이다.

딸들은 자유롭게 만들어준 엄마였지만 큰아들에 대한 집착만큼은 끝까지 내려놓지 못했다. 엄마한테도 동식이에게도 불행한 일이었지만 내가 어찌할 수 있는 방법은 없었다.

맏딸이라는 책임감에서 벗어나자 엄마도 동생들도 비로소 한 사람의 인격체로 보이기 시작했다. 가족이니까 무조건 이해하고 사랑해야 된다는 생각은 사람의 운신 폭을 얼마나 좁게 만드는지. 내가 자유로우니 동생과 엄마도 자유롭게 바라볼 수 있었다. 그것은 엄마가 내게 준 가장 큰 선물이었다.

담임 선생님

내일 당장 학교 찾아가 볼 거라 마음먹긴 했지만 교무실을 어찌 들어갈지 걱정이었다. 학교 다닐 때 교무실은 아무나 들어갈 수 있는 곳이 아니었다. 교무실은 반장이나 특별하게 선생님의 관심이나 사랑을 받는 아이들이 드나들 수 있는 공간이었다. 나처럼 육성회비 가지러 늘 집으로 쫓겨가고, 교실에서도 있는 듯 없는 듯, 존재감 없는 아이들에게 교무실은 오르지 못할 성처럼 높은 곳이었다.

'아휴, 교무실에 어째 들어가노?'

혼자 조바심치다 문득 숙희를 따라 신문보급소에 처음 찾아갔을 때가 떠올랐다. 엄마가 다쳐 급한 마음에 숙희를 찾아갔지만 막상 보급소 문을 들어서기 쉽지 않았다. 숙희가 손잡아

이끌어주지 않았다면 그냥 돌아서고 말았을지도 몰랐다. 막상 문턱을 넘어서니 겁부터 먹고 망설였던 게 우스울 만큼 쉽게 신문 배달 일을 시작할 수 있었다. 부딪쳐보니 의외로 아무것도 아닌 일이었다.

'담임 선생님 만나러 왔다고 말하면 되겠지. 설마 졸업했다고 쫓아내겠나.'

조금 용기가 생겼다. 그러다 다시 새로운 걱정이 피어올랐다.

'담임 선생님이 내를 기억이나 하시겠나? 내보고 니가 누고? 그라면 우짜노?'

'작년 졸업생 김정은입니다. 하면 되지. 기억 못한다고 내가 졸업한 게 사라지는 것도 아닌데 뭔 걱정이고!'

혼자 이런저런 생각으로 마음이 무거웠다. 내가 어떤 소질을 지니고 있는지, 무얼 잘하는지 아직은 몰랐다. 하지만 힘들고 어려운 사람들에게 오아시스 같은 사람이 되려면 중학교는 꼭 가야겠다는 생각은 바위에 새겨진 글자처럼 또렷해졌다. 내 앞에 어떤 길이 펼쳐질지 아무것도 알 수 없고 보이지 않았지만 여기서 주저앉을 수는 없었다.

'중학교를 가야 해. 꼭!'

별로 재미있었던 공부는 아니었지만 다시 학교에 다니게 된

다면 적어도 국민학교 때와는 다른 마음으로 공부할 수 있을
것 같았다.

　일 년 가까운 시간이 지나 다시 찾은 학교는 예전 그대로였
다. 운동장 구석의 정글짐도 철봉도 시소와 미끄럼틀도 제자리
에 그대로 있었다.
　생각이나 느낌은 한순간 머물다 이내 사라져버리지만 어떤
기억은 시간이 흐를수록 더 또렷이 떠오르는 것들도 있었다.
재미없던 산수 시간. 문제풀이를 시킬까 봐 앞자리 친구 뒤로
몸을 움츠렸던 기억. 다리가 길어 고무줄놀이를 잘하던 친구
숙희. 다른 아이들은 내리지도 못하는 높이의 고무줄을 숙희는
아무것도 아닌 것처럼 쉽게 내리곤 했다. 숙희는 고무줄을 끊
어 도망가는 남학생들을 끝까지 쫓아가 고무줄을 다시 뺏어오
곤 했다.

　'숙희는 그곳에서 행복하게 살고 있을까?'

　가을 운동회 준비로 무용 연습을 하던 기억도, 달리기 출발
선에서 뛰던 가슴도 생생하게 떠올랐다. 가슴이 터지도록 달려
도 삼등이 제일 잘한 기록이었다. 손목에 찍혔던 동그라미 안

의 3이란 숫자. 나는 손목을 가만히 들여다보았다. 지나간 시간처럼 스탬프로 찍은 숫자도 가뭇없이 사라진 지 오래였다.

수업 시간에 집으로 회비를 가지러 쫓겨갔던 일만큼은 아무리 지워버리고 싶어도 학교만 생각하면 저절로 떠올랐다. 집에 가봤자 돈 없는 걸 뻔히 아는데. 다른 아이들은 공부하는 시간에 육성회비 가지러 교실 문을 나서야 했던 아픔. 그때 운동장에 햇살은 어쩜 그렇게 눈부셨는지. 너무 환하고 빛나 내가 처한 가난이 더 도드라져 보였던 햇살. 그 햇살 부서지던 운동장에서 그대로 증발해버리고 싶었던 기억이 어제 일처럼 떠올랐다.

어렵고 가난한 나날이었지만 동생들과 함께 뒹굴던 작은 방은 세상에서 제일 따뜻하고 편안한 곳이었다. 하지만 학교는 아무리 생각해도 행복했던 순간이나 아름다웠던 기억이 떠오르지 않았다. 무섭기만 하던 선생님 얼굴. 선생님은 언제나 무서운 분이었고 교무실은 무서운 선생님들이 떼로 앉아 있는 두려운 곳이었다. 어젯밤 내도록 마음을 다잡았지만 교무실을 어떻게 들어가야 할지 교무실 문턱이 영도 봉래산보다 더 높게 느껴졌다.

"어떻게 왔노?"

코끝에 흘러내리는 돋보기안경을 쓴 반백의 남자 선생님이 교무실 입구에서 쭈뼛거리는 나를 발견하고 물었다.

"저, 바, 박성근 선생님 만나러 왔는데……요…….'

"박성근? 그 선생님이 누군데?"

"자, 작년에 우리 담임 선생님이셨는데요."

"작년에 담임이라? 그런데 박 선생님은 와? 와 찾는데?"

그 선생님은 쉽게 안내해 줄 생각이 없는 듯 엉뚱한 질문만 해대며 물고 늘어졌다.

"중학교에 갈라고……, 집에서 일 년 쉬었거든요."

"그래?"

남자 선생님은 그제야 알겠다는 듯 나를 위에서부터 발끝까지 훑어봤다. 나는 도마 위에 놓인 생선이 된 것 같았다. 반백의 그 선생님이 금방이라도 칼을 들고 비늘을 벗겨낼 것 같아 몸이 저절로 움츠러들었다.

"잠깐만 여기서 기다려 봐라."

그는 박성근 선생님을 모르는 모양이었다. 아마 올해 새로 전근 오신 선생님 같았다. 나는 입술을 잘근거리며 기다렸다. 채 이삼 분 걸리지 않은 그 시간이 몇 시간이나 되는 것 같았다. 잠시 뒤 반백의 그 선생님이 다시 나왔다.

"우짜노? 박성근 선생님은 남항국민학교로 전근 가셨다는데?"

깡깡이

몸에 힘이 쭉 빠졌다. 어떻게 나왔는지, 정신을 차리고 보니 교문 앞에 서 있었다. 남항국민학교는 내가 다녔던 학교에서 한참을 더 올라가야 있었다.

"어짜꼬? 그냥 집에 갈까?"

정애한테 맡겨놓고 온 동우도 걱정이었다.

'집에 가면 이제 중학교는 영원히 못 갈지도 몰라.'

그건 아니라는 생각이 들었다.

'남항에 가서는 또 우짜노?'

내가 다녔던 학교 교무실도 못 들어가는 심장으로 한 번도 다닌 적 없는 학교 교무실을 어떻게 찾아 들어갈지 막막했다.

"에이, 모르겠다. 어떻게 되겠지!"

일단 교무실 앞까지 가보면 무슨 수가 생기지 않을까 배짱을 정했다. 없던 용기가 조금 생기는 것 같았다. 초겨울 해가 설핏 기운 것 같아 발걸음이 저절로 잰걸음이 됐다.

남항 교무실은 졸업한 학교와는 또 다른 분위기였다. 담임이었던 박성근 선생님이 계셔서 그런지 생각보다 편안했다. 조용한 복도를 지나 교무실 앞에서 잠깐 심호흡을 했다. 교무실 문을 가볍게 노크한 다음 조심스럽게 열었다. 책상 앞에서 뭔가를 쓰고 계시던 선생님은 깜짝 놀라며 나를 맞이했다.

"아이고, 니가 여기까지 어쩐 일이고?"

쭈뼛거리던 나를 반겨주는 담임 선생님을 보자 울컥했다. 박성근 선생님은 말을 못하고 울먹이는 내 손을 잡아 자리에 앉힌 뒤 따뜻한 보리차를 따라줬다.

"주, 중학교를 갈라는데……, 우째야 될지 몰라서요."

"그랬구나. 그래서 나를 찾아 여기까지 왔구나."

박성근 선생님이 고개를 끄덕이며 나를 바라봤다.

"엄마가 일을 나가면 낮에는 제가 동생을 봐야 해…… 야, 야간 중학교에 가려고요."

"그래. 그래! 배우려는 열망만 있으면 주간이든 야간이든 무슨 상관이냐. 사람은 아무리 어려워도 배워야지. 배워서 자기 꿈을 이루는 사람이 되어야지!"

선생님은 분명 격려의 말을 하고 있는데 듣는 나는 왜 눈물이 나는 건지.

훌쩍거리면서도 여기까지 찾아오길 정말 잘했구나 싶었다.

"내가 전화해서 이야기 해놓을 테니까 작년에 5반이었던 김동철 선생님 찾아가거라. 지금도 육학년 맡고 계시니까 잘 알아서 도와주실 거다."

따뜻한 보리차는 얼어 있던 몸을 녹여주었고 담임 선생님의 자상한 목소리는 굳어 있던 마음을 부드럽게 풀어주었다.

"기특하구나. 여기까지 나를 찾아오다니. 중학교에 가서 열

깡깡이

심히 공부해라."

박성근 선생님이 등을 두드려주며 말했다. 나는 공손히 인사를 하고 돌아섰다.

이제 더 이상 두렵지 않았다. 넘을 수 없는 벽 같았던 교무실도 얼마든지 들어갈 수 있을 것 같았다. 들어갈 때는 움츠렸던 어깨가 나올 때는 나도 모르게 활짝 펴졌다.

'이제 나도 중학교에 다니게 된다. 교복 입고 가방 들고……. 중학생이 되는 거다.'

가슴이 박하사탕을 먹은 것처럼 시원했다. 뒤꿈치에 날개를 단 것처럼 걸음도 가벼웠다. 허파가 간질간질거리며 저절로 웃음이 터져 나왔다.

"하아아아……!"

깊은 숨을 내쉬었다. 창가에 서서 나를 지켜보는 담임 선생님의 눈길을 느끼며 나는 교문을 향해 달렸다.

깡깡이 소리

봄이 오려면 아직 멀었지만 바람 끝에 감도는 부드러움은 숨길 수 없었다. 멀리 이송도 너머 수평선 끝에 가물가물 봄이 오고 있는 게 느껴졌다. 물 위에 갈치 비늘처럼 반짝이는 햇살이 눈부셨지만 나는 눈을 크게 뜨고 심호흡을 했다.

"깡깡깡깡깡깡깡……."

조선소에서 깡깡이 소리가 파도처럼 밀려왔다. 늘 듣는 귀에 익은 그 소리. 울고 싶을 때는 울음소리처럼 들리고 기쁠 때는 노랫소리처럼 들리던 깡깡이 소리. 지금은 희망에 가득 찬 수많은 사람들이 모여 함께 지르는 함성처럼 들렸다.

"깡깡깡깡……, 아무리 힘들어도 포기하지 않으면 해낼 수 있어. 깡깡깡깡……."

"깡깡깡깡……, 너는 잘할 수 있어! 깡깡깡깡……."

"깡깡깡깡……, 우리가 응원할게. 깡깡깡깡……."

깡깡이 소리가 그렇게 힘차게 들린 적은 처음이었다.

반짝이는 윤슬을 스쳐 불어온 바람이 내 귓불을 쓰다듬었다. 나는 차갑고 시원한 그 바람을 깊이 들이마셨다.

늘 같은 바람이었지만 한 번도 같은 바람은 없었다. 어제는 어제의 바람이 불었고 오늘은 오늘의 바람이 불었다. 아직 시작되지 않은 새날에는 또 어떤 바람이 불어올지 모른다. 나는 달리기 출발선에 섰을 때처럼 가슴이 뛰었다.

멀리 아스라이 펼쳐진 바다. 햇살에 부서지는 물비늘. 가늘게 눈을 뜨고 바다를 바라봤다.

희게 반짝이는 물비늘들이 서로 뭉치기 시작했다.

바다는 어느새 끝이 보이지 않는 모래사막으로 변했다.

누런 모래가 끝없이 펼쳐진 사막.

희게 빛나는 모래 산.

빛에 따라 희고 검은 그림자로 극명하게 나뉜 모래 산의 이쪽과 저쪽.

한 줄 길처럼 보이는 길고 긴 낙타의 행렬들.

뜨거운 태양을 온몸으로 받으며 오아시스를 향해 묵묵히 걸어가는 낙타들!

'낙타는 사막에서도 끄떡없이 견딜 수 있어.'

'낙타는 참을성이 많은 동물이지.'

'낙타는 모래폭풍도 이겨내!'

'강하고 튼튼해!'

낙타 행렬은 끝없이 이어진 사막을 걸어 아스라이 사라져 갔다.

"깡깡깡깡……."

깡깡이 소리가 내 몸을 감싸고 멀리멀리 퍼져나갔다.

개인전은 성황리에 끝났다.

화단과 평론가들의 뜨거운 반응은 그간의 힘들었던 작업에 작은 보상이 되어주었다. 가장 힘들게 오래 붙잡고 있었던 깡깡이 그림은 시에서 구매하겠다는 연락이 오고 제법 많은 그림이 구매자들을 만나 갤러리 사장의 입이 귀에 걸리게 만들었다. 그 정도면 성공한 전시였다.

정애와 정희는 오픈 리셉션을 준비해주었다. 요즘은 셀프로 간단하게 한다고 극구 말렸지만 동생들의 성의를 끝까지 무시할 수 없었다. 두 동생들이 팔 걷어붙이고 준비한 아름답고 정갈한 요리들은 리셉션의 품위를 한껏 높여주었다. 결혼해서 자신의 삶을 예쁘게 잘 가꾸고 있는 동생들이 더없이 고마웠다.

미국에서 동식이가 축하 전화를 한 건 의외였다. 전시 축하와 엄마와 동생들 안부를 묻는 것으로 끝이었지만 말없이 잘 사니 그것도 감사한 일이었다.

어린 나이에 우리 곁을 떠난 동우. 실종신고를 해두고 소식 오기를 기다리고 있지만 아직까지 아무런 연락이 없는 걸 보면 보호소가 아니라 어디 입양되어서 살고 있을 거라 생각한다. 지금쯤, 아니 벌써 자신의 가정을 꾸렸겠지. 어디서 무얼 하든 건강하고 스스로 충만하고 행복한 삶을 살기를 기도할 수밖에 없는 게 안타깝지만, 이상하게 동우는 잘 살고 있을 거라는 믿음이 든다. 왜 그런지 설명할 순 없지만.

시간은 지금도 흐르고 그 시간은 우리 모두에게 하루하루 쌓인다. 이 이야기는 흘러간 시간들 중 어느 한 시절의 이야기이다. 그 시간을 함께 살았던 사람들. 영도구 대평동 2가 143번지. 그 골목을 기억하고 있는 사람들이 어딘가에 있을 거다. 그들은 또 그들의 이야기를 만들며 살아가고 있겠지. 오고 가는 무심한 얼굴의 사람들 속에서 나는 흘러가버린 시간 속의 사람들 모습을 얼핏 발견하기도 한다. 가난했지만 따뜻했던 사람들. 서로에게 힘이 되어주었던 이웃들. 한 명 한 명 모습을 떠올려보며 어디서든 건강하시길 두 손 모은다.

깜깜이

창작 노트

─────────── 사람이 저마다 주어진 운명대로 살아가듯 이야기도 타고난 운명이 있는 것 같다.

이 년 전 몇몇 작가들과 이박 삼일 여행을 떠나기로 계획했었다. 내가 나서서 일을 진행했는데 이런저런 이유로 함께 가기로 약속했던 작가들은 다 빠지고 최종적으로 이옥수, 유은실 작가만 함께 여행을 떠나게 되었다. 일기가 나빠 가려던 날에 배가 뜨지 않아 이박 삼일 일정은 일박 이일로 줄어들었지만 그것은 전혀 문제가 되지 않았다.

우리들만을 위해 존재하는 것 같았던 그 조용하고 아름다운 섬에서 우리는 참 많은 이야기를 나눴다. 작가로 살아가는 삶에 대한 감사와 쓰고 있는 작품에 대한 이야기, 저마다 어떤 어린 시절을 보냈는지에 대한 이야기까지. 우리의 이야기보따리는 끝이 없었다.

『깡깡이』는 그때 내가 한 이야기를 들은 이옥수와 유은실 작가가 글로 쓰라고 부추겨 세상에 나오게 된 이야기다.

영도의 수리조선소와 깡깡이 일을 하며 가정을 이끌어갔던 여성들의 이야기는 세상에서 나만이 쓸 수 있는 이야기라며, 그 공간과 사람들을 세상에 내 보내야 할 의무가 내게 있다고 충동질했다.

내 이야기가 과연 그럴 만한 가치가 있을까? 좀 더 정직하게 말하면 오래전부터 하고 싶은 이야기였지만 용기가 없어 외면하고 있었던 이야기였다. 여행에서 돌아온 뒤에도 계속 시간만 보내고 있었다. 유은실과 이옥수는 잊어버릴 만하면 전화해서 깡깡이 이야기는 쓰고 있는지, 가끔 만날 때마다 그 이야기는 꼭 내가 써야 된다며 격려하고 자극했다.

그러던 어느 날 문득 이런 생각이 들었다.

'깡깡이는 내 이야기를 쓰는 게 아니라 지나간 한 시절과 사라진 공간을 기록해 남기는 거라야 돼!'

유은실과 이옥수 작가가 한 말이 머리를 지나 내 가슴에 비로소 와 닿은 거였다. 내 이야기를 쓰는 데는 용기가 필요했지만 지나간 한 시절을 복기하는 것은 작가가 져야 할 책임이구나 싶었다. 내게 주어진 그 책임을 겸손하게 받아들이기로 마음을 정하자 비로소 마음 깊은 곳에서 이야기가 조금씩 꿈틀대며 자라기 시작했다.

나는 이야기를 쉽게 쓰지 못하는 스타일이다. 오래 머리에서 궁굴리고 마음속에서 삭히고 삭혀 마침내 꾸역꾸역 밀려나올 때 책상 앞에 앉는 스타일이다. 그럼에도 불구하고 써놓고 보니 마음에 차지 않아 버리고 다시 쓰기를 세 번이나 해야 했다.

끝까지 포기하지 않고 이야기를 완성할 수 있게 격려해준 글동무 유은실과 이옥수 작가. 그 두 친구가 아니었으면 이 이야기는 세상에 나오지 못했을 거다. 진심으로 감사드린다.

『깡깡이』는 내가 살아온 이야기이기도 하고 전혀 아닌 다른 이야기이기도 하다. 이야기를 다 쓰고 난 뒤 내 속에서 무언가 쑥 빠져나간 느낌이었다. 그게 뭔지는 지금도 잘 모르겠다. 누구도 지워주지 않았지만 스스로 장녀라는 의무감으로 살아온 시간의 무게가 가벼워진 것 같기도 하고 한동안 외면하고 있었던 사람들을 조금은 이해할 수 있을 것 같기도 하다.

세월은 흐르고 시대에 따라 사람들이 살아가는 환경도 변한다. 하지만 우리들이 안고 가는 고민이나 문제들은 시간을 초월해 다 엇비슷한 것들이란 걸 이제는 조금 알 것 같다. 내 젊었을 적 안고 있던 고민이나 문제들. 그때는 태산보다 더 크고 무거웠는데 지나고 보니 정말 아무것도 아니었다는 걸 알게 되는 것도 시간이 주는 은혜 중 하나라는 깨달음. 살아간다는 것, 나이가 든다는 건 어쩌면 그런 걸 배워가는 과정이 아닐까 싶다.

내 젊고 풋풋했을 때 어른들이 당신들 어렸을 적 이야기를 하면 정말 말 그대로 호랑이 담배 피던 이야기 같은 느낌이었다. 지나고 보니 그리 오래된 시간도 아닌, 불과 사오십 년 전 이야긴데 말이다.

쌍둥이도 세대 차이를 느낀다는 지금, 내 어린 시절과 청소년기를 걸쳐 살았던 공간과 사람에 대한 이 이야기가 독자들에게 어떻게 가 닿을까? 오래 고민하고 망설였던 또 다른 이유이기도 했다.

나는 깡깡이 이야기를 호랑이 담배 피던 이야기가 아닌 사람이 살면서 추구하는 보편적인 가치를 담고 있는 이야기로 그려 내려 애썼다.

작가가 되고부터 하고 싶었던 이야기. 이 년 넘게 붙들고 서성였던 이야기를 이제 세상으로 내보낸다. 『깡깡이』도 자신의 운명대로 살아갈 것임을 믿지만 내 바람이 독자들에게 온전히 전해질 수 있다면 정말 기쁘겠다.

사람은 누구나 이야기를 하고 싶어 한다.

자기가 겪은 일이나,

생각한 거나,

혹은 본 거나 누군가에게 들은 이야기까지.

이야기를 하고 싶은 그 마음을 인간의 오랜 욕망 중 하나로 꼽으니 당연한 일이겠지.

그런 의미에서 하고 싶은 이야기를 소설이라는 이름의 방법으로 맘껏 펼칠 수 있는 작가로 산다는 건 얼마나 멋진 일인지! 한 번도 작가가 되고 싶다는 꿈을 지녀보지도 못했음에도 불구하고 말이다. (*)

깡깡이

ⓒ 한정기, 2018

초판 1쇄 인쇄일 | 2018년 10월 11일
초판 1쇄 발행일 | 2018년 10월 25일
지은이 | 한정기
펴낸이 | 사태희
편집인 | 한승희
디자인 | 박소희
마케팅 | 최금순
제작인 | 이승욱, 이대성
펴낸곳 | (주)특별한서재
출판등록 | 제2018-000024호
주 소 | 07400 서울시 마포구 합정로 59, 화승리버스텔 703호
전 화 | 02-3273-7878
팩 스 | 0505-832-0042
e-mail | specialbooks@naver.com
ISBN | 979-11-88912-27-8 (43810)

이 도서의 국립중앙도서관 출판예정도서목록(CIP)은 서지정보유통지원시스템
홈페이지(http://seoji.nl.go.kr)와 국가자료공동목록시스템(http://www.nl.go.kr/kolisnet)에서
이용하실 수 있습니다. (CIP제어번호 : CIP2018032383)